吾輩はクンクンである

河内山 典隆

吾輩はクンクンである

目次

（一）

東京・両国の回向院界隈

吾輩はクンクンである。ちょっと気取って明治の文豪、夏目漱石の「吾輩は猫である」を真似してみたが、吾輩というほどの者ではない。まあ「おいら」というところだろうか。おいらクンクンは２０１８年の年明け１月６日、東京の墨田区にある両国回向院《えこういん》というお寺にきている。

このお寺の正式名は諸宗山無縁寺回向院。浄土宗でご本尊は阿弥陀如来という仏さまだと聞いている。今から３５０年もまえの西暦１６５７年（明暦３年）に創建された知る人ぞ知る有名なお寺なのである。東京の下町に長く住みついている人たちなら誰でも知っているが、現代の東京人は地方出身者が大多数を占めているので、回向院を知らない人も多いようだ。

そこで、おいらクンクンが薀蓄を傾けて回向院の由来を紹介したいと思う。

明暦3年、江戸で「振袖火事」と呼ばれる大火事があったことをご存知だろうか。火災による焼死者は10万8千人に達し、当時の将軍・徳川家綱が幕府の命によって、これらを葬ったのが「万人塚」で回向院の始まりとされている。のち江戸時代後期の安政年間（1850年代）に日本各地で発生した安政大地震のうち、安政2年の直下型・江戸地震での死者7千人、その他の事故・災害による水死者、焼死者、また、刑死者、横死者などの無縁仏も埋葬された。

それだけではない。浄土宗という宗派にとらわれず、人・動物すべての生あるものを供養するという理念に基づいて、回向院には戦争で死んだ軍用犬・軍馬慰霊碑や、猫塚、唐犬八之塚、オットセイ供養塔、邦楽器商組合の犬猫供養塔（三味線の皮の供養）など、さまざまな動物の慰霊碑、供養碑、ペットの墓も多数あるのだ。

また、両国回向院は江戸三十三箇所観音参りの第4番札所でもある。安置されている馬頭観世音菩薩は徳川家綱の愛馬を供養したことに由来している。さらに1793年（寛政5年）に、老中の松平定信の命によって造られた水子塚は水子供養の発祥とされている。また、有名人の墓としては、江戸時代後期の浮世絵師・山東京伝《さんとうきょうでん》、江戸時代の浄瑠璃語りで義太夫節浄瑠璃の創始者・竹本義太夫のほか、あの鼠小僧次郎吉も名を連ねている。

そういえば鼠小僧次郎吉は、江戸時代の後期（天保3年ごろ）の盗賊だったな。もともとは職人だったらしいが、詳しいことは分からない。なんでも大名屋敷を中心に盗みを働いたが、いつしか人を傷つけない義賊として評判になり「鼠小僧」と呼ばれて、平戸藩主の松平家など大名の間でも人気があったという。大名屋敷を狙ったのは警備が甘いうえに、体面上、被害届を出しにくいことが、盗賊にとっては好都合だったと見られている。

鼠小僧は盗んだ金は博打などで使い果たし、最後は上野小幡藩・松平家に盗みに入ったところを御用となり、鈴ヶ森で磔《はりつけ》にされたが、ド派手な死に装束を纏っていたといわれ、のちに講談や小説の題材となり江戸庶民を楽しませた。

あっ、肝心なことを忘れていた。1781年（天命元年）以降、回向院の境内に臨時に設営された小屋掛けの土俵で勧進相撲の興行が行われ、今日の大相撲の起源とされていることだ。勧進相撲とは寺社の本堂や山門などの造営・修復などの費用を捻出するために開催した相撲のことで、両国の回向院に定着するまでは、深川の冨岡八幡宮や本所の回向院、湯島の天神社など、東京の各地で開催されていたらしい。1909年（明治42年）に常設の両国国技館が、墨田区両国に建てられるまで続いた。それまでの興行は回向院相撲といわれ、後世にも語り継がれている谷風、小野川、雷電などの名力士が活躍した時代でもある。

ところが、せっかく建てられた初代の国技館だが、1917年に火災が発生、回向院花売り場、本堂を含め全焼する憂き目に逢い、しばらくは靖国神社の境内に仮小屋を建てて興行。

１９２０年9月に再建されたが、23年9月の関東大震災で再度焼失。翌年再建された。第２次世界大戦（太平洋戦争）の最中は、陸軍に接収され風船爆弾の製造工場に転用されるなどと多難な歴史がある。

その再建された国技館は、戦争が終わると、今度はＧＨＱ（連合国軍最高司令官総司令部・マッカーサー司令部）に接収され、メモリアルホールに改装、プロボクシングや、力道山などが活躍したプロレスの会場としても使用された。このため日本相撲協会は両国国技館の再建を諦め、蔵前に国技館を建設。１９５４年から84年まで使用したが、同年11月に総工費１５０億円をかけた現在の２代目国技館が完成したというわけである。

おいらクンクンはダックスフント

閑話休題。今年は２０１８年、日本の暦でいうと平成30年で、干支《えと》は「戌《いぬ》」なのだそうだ。いま、おいらクンクンはダンボール箱のなかに横たわり眠っている。ダンボール箱の置かれている部屋は妙に薄暗くひんやりして寒い、なんだか、からだ全体が固く身動きがとれない。もうおわかりだろうが、おいらクンクンは、とっくに死んでいたのだ。そう自覚したら、とたんに世間のありとあらゆる現象が苦労もせずに分かるようになった。

まず、おいらはドイツ原産のダックスフントという人間様に飼われていた動物「犬」だったのである。ドイツ語でアナグマを表すダックスと、犬を表すフントを合わせた「アナグマ犬」というわけだ。巣穴の中にいるアナグマを狩る目的で、手足の短い犬に人間様が改良したらしい。「体型は胴長短足。顔は面長で、尻尾は長い。耳は下に垂れる形をしている。鼻の穴が開いて空気を取り入れやすい。マズル（動物の鼻口部）が長く鼻腔部の面積が広いため、嗅覚に優れている。鼻の色は基本的に黒だが、まれにレバー色やピンク色の仲間もいる」と、インターネット情報で人間様に紹介されている。

もっと読んでみると、「胸が十分に発達して骨端が突き出ているので、前から見ると楕円形をしている。あばらはよく張って腹部につながっている。胴長短足だが引き締まった体格で、非常に筋肉質である。向こう気が強いので頭部を保持するためか、警戒心に富んだ表情を見せる。長い胴体に対して足が短いため、もたもたしたりする場合もあるが、歩き様が制限されるようなことはない」とある。歩き様が制限されるとは、どういう意味か、おいらには良くわからない。

そして「性格は生まれつき友好的で、落ち着きがあり、神経質になったり、攻撃的であったりすることはない。情熱的で辛抱強い」

と人間様は観察しているのだが、この点は大いに気に入っているのだが、「ただ、もともとが猟犬なので、時として攻撃的、負けず嫌い、頑固、活発、やんちゃ、遊び好きといった一面も見せる」とも。余計なお世話だ。

どうやら、おいらは1998年ごろ生まれたらしい。プロレスラーのターザン後藤さんが、数匹のダックスフントを手に入れ、親しい知人・友人に贈った。その中の1匹が、おいらの母ちゃん「うなぎ」だった。1匹と言ったが、すでに母ちゃんはおいらを生んでいて、正しくは2匹だった。もらわれていった先が、東京の銀座7丁目でクラブ「茜」を経営していた現役の演歌歌手・茜ちよみママが住む東京・江東区潮見のマンションだった。

ターザン後藤といえば、プロレスファンなら「知らない人はいない有名レスラーだよ」と、おいらは茜ママから教えてもらった。うなぎ母ちゃんに確かめてみると、「プロレスなんてものは、見たことも聞いたこともない」とそっけない。

おいらが生まれたと思っている1998年ごろは、まだターザン後藤さんが住んでいた二階建ての家に、うなぎ母ちゃんと二人、いや2匹でお世話になっていた。おいらにとって、ターザン後藤さんはご主人様だから敬意を表して「さん」と呼ぶべきだが、なにしろ長たらしいので舌が回らない、そこで後藤さんの極めて親しい人、例えば茜ちよみママが使っている「ごっちゃん」という愛称を、おいらも時によっては使わせてもらうことにする。

ごっちゃんは2002年ごろ、埼玉県の春日部市に居を構え「春日部インディーズ・アリーナ」というプロレス道場を運営し、プロレス興行を行う一方、若手レスラーの育成にあたっていた。話は前後したが、おいらが茜ママと共に、東京・江東区塩見のマンションに移ったのは、このころだったと思う。

「ターザン後藤」については、年配のプロレスファンなら、知らない人はいないと、茜ママが教えてくれたとおりだと思うのだが、知らない人もいるわけなので、かいつまんでご紹介する。

おいらが調べた記録によると、1963年、静岡県の島田市で生まれ、中学を卒業して大相撲の九重部屋に入門。79年3月の初場所に「後藤」の四股名で初土俵を踏んだ。15歳だった。ところが同年11月場所限りで廃業。最高位は序二段95枚目となっている。廃業した理由は書いてないから知るよしもない。でも2年後にはジャイアント馬場が主宰していた全日本プロレスに入門し、数年間、「最強の日本人プロレスラー」と言われたジャンボ鶴田の付き人をつとめているので、大相撲よりプロレス志向が強かったのだと、おいらは考えている。

その後、海外へ遠征し、ベトナム人レスラーとして活躍したり、現地で結婚したりしているが、一九八九年に大仁田厚に誘われ、全日本プロレスを退団してFMWの旗揚げに参加した。退団に当たっては師匠であるジャイアント馬場から正式に退団を認められている。

大仁田厚と組んだ日本初の有刺鉄線ディスマッチ。さらにはノーロープ有刺鉄線電流爆破ディスマッチで、プロレス大賞年間最高試合賞を受賞するなど、ごっちゃんのプロレス歴は数えきれない。ただ、おいらも「うなぎ」母ちゃんと同じで、プロレスにさほど興味があるわけではないので、ターザン後藤の紹介は、この辺でやめにしたい。最近のごっちゃんの動静については、後で話題にするかもしれないが、インターネットや民放テレビでも取り上げているので、おいらが勝手なことをしゃべってはいけないと考えている。

おいらクンクンが生まれたと思っている1998年（平成10年）は、橋本龍太郎という人が内閣総理大臣だった。前年の4月には消費税を3％から5％に引き上げ、景気は戦後3番目に長い「岩戸景気」に並ぶほどで「平成景気」と名づけられたほどだった。ところがどっこい、消費増税が裏目に出て、その年の暮れ近い11月24日には、わが国の4大証券の一角だった山一證券が不正会計（損失隠し）事件後に経営破綻し廃業。北海道拓殖銀行も同時期に経営破綻するなど、景気がすこぶる冷え込んでしまった。長い平成不況の始まりだった。

記者会見した山一證券の野沢という社長が、涙ながらに「私らが悪いんであって、社員は悪くありませんから」と叫んだ姿をテレビで見て、ちょっと可哀そうな気がしたものだ。

自民党は平成10年7月の参議院選挙で惨敗し、橋本内閣も総辞職に追い込まれたのだった。

橋本龍太郎という人は、頭も良く勉強家で、政策通の政治家だったようだが、「とにかくキザな野郎で、俺は嫌いだ」と誰かが話していたのを覚えている。

その後、今日までの20年間の出来事を、いちいち話すのは本意ではないので、すべてカットすることにする。実をいうと10年ぐらい前から、おいらも少しずつ体調が衰えてきたのを自覚していた。いや、そのことを告白するまでに、これまでのマンション暮らしから、生活環境が一変したことをお知らせすべきだと考える。

おいらがお仕えしている茜ママが、どんな事情があったのかは知らないが、ターザン後藤さんと相談して、都内墨田区の八広駅に程近い二階建ての一軒家、その一階部分を借り切って、合宿的な共同生活を始めることになったのだ。部屋数は廊下を挟んで6つほど、ダイニングキッチンと浴室、トイレを含めると、かなりの広さだった。住人は後藤さんと後藤さんのお母さん、茜ママ、そして後藤さんの内弟子ともいえる若い中村君、時々は地方に居住しているレスラーなどが居候することもある。そういえば後藤さんのファンだという若い女性が一泊していったこともある。おいらクンクンとうなぎ母ちゃんは茜ママの部屋で。ママの蒲団に潜りこんで寝ていた。

寝物語で、「おいらの名前クンクンは、どういう意味なの」と茜ママに尋ねてみたことがある。するとママは「別に意味なんてないのよ。君が生まれて間もないころ、クンクンと鼻を鳴らして、あちこち嗅ぎまわっているのが可愛いので、何時の間にかクンクンと呼ぶようになったのさ」だと。あほくさ。聞くんじゃなかった。

そのころ、多分2006年（平成18年）だったと思うが、ターザン後藤さんは「下町プロレス」を旗揚げし、浅草の雷門で有名な浅草寺の裏手の一角で、プロレス居酒屋・ファイト倶楽部を経営していた。ビルの地下一階のかなり広いスペースを借り切って、プロレス・リングを常設し、定期的に試合を興行するかたわら、後藤さんが自ら味付けしたというう「ちゃんこ鍋」をメインディッシュとして観客に提供していた。要するに観客はプロレスを観戦しながら、一杯飲んで楽しめるという、面白い倶楽部だった。常連客も多かったらしい。おいらとしては茜ママの独り言を聞きかじってお知らせしているだけなので、「らしい」しか言いようがない。

それでも後になって調べて見ると、こんな「チラシ」が見つかった。

☆忘年会にファイト倶楽部
「ファイト倶楽部のリングを使って楽しい忘年会・新年会を開きませんか？
2時間飲み放題で、お一人様3000円～の予算で約70名様まで承ります。

ご希望によりプロレスショー・歌謡ショーなどをご覧になることができます。
(リング用のコスチュームをレンタルいたします)

ここに書かれている歌謡ショーは、いうまでもないが、おいらと同居、ではない。お世話になっている茜ママ、演歌歌手「茜ちよみ」の独演会なのである。茜ちよみ(呼び捨てで失礼)については、おいおい話しをさせてもらうが、ここではターザン後藤・茜ちよみの共同合宿所に、時々一泊していく河内山《こうちやま》先生というチビで得体の知れない「おっさん」のことを優先して紹介することにしたい。

(二)

お数寄屋坊主の河内山宗俊について

「先生といわれるほどのバカでなし」という言葉があるが、このおっさんが河内山先生と呼ばれているのは、茜ママが、だれかれなしに「河内山先生」と紹介するだけでなく、本人に向かっても常に先生と呼んでいるため、後藤さんをはじめ周辺の人たちも、先生と呼ぶようになったようなのである。ただ、本人自身は先生と呼ばれることに、いささか抵抗があるらしく、時には照れ笑いをすることもある。でも満更でもなさそうなので、おいらも内心「先生」と呼ぶことにしている。

河内山という姓は、一般的には珍しい姓に属すると思うが、年配の人は講談や歌舞伎でお馴染みの「河内山宗俊」を連想するだろう。

河内山宗俊《こうちやまそうしゅん》は実在した人物ではない。実在していたのは江戸時代の後期、11代将軍・徳川斉治の時代に江戸で生まれ、江戸城西の丸に出仕していた河内山宗春という表坊主《おもてぼうず》だといわれている。表坊主は江戸幕府の職名、武士ではあるが若年寄の支配下に属した同朋衆の1つで、頭をまるめた僧の格好をしており、大名の世話や食事の用意をするのが仕事だった。代々世襲だったらしい。ところが宗春は文化5年か6年（1808年〜）ごろ、小普請《こぶしん》入りとなっている。

小普請入りとは、職務上の失態または疾病・老衰などで職を免じられた将軍直属の家来（旗本やご家人）が、小普請という組織の支配下に編入されることをいう。早い話が、何か悪いことをして表坊主を首になったというわけだ。小普請入りした宗春は、やがて博徒や素行の悪い御家人（将軍の家来でも将軍に挨拶できたのは旗本だけで、御家人は挨拶することができない格下だった）と徒党を組み、その親分格と目されるようになる。そして女犯を犯した出家僧をゆすって、金品を奪ったりする悪事を重ねたらしい。具体的な罪状は不明だが、文政6年（1823年）に捕縛された後に牢死したという。

しかし、当時の爛熟した文化を謳歌していた江戸の庶民は想像力をかきたて、自由奔放に悪事を重ねつつも、権力者に反抗し「弱きを助け強きを挫く」義賊的な側面を誇張して、講談や歌舞伎に取り入れて楽しむようになった。

講談の「天保六花撰」では、お数寄屋坊主（茶事や茶器を管理する軽輩）の河内山宗俊として登場する。歌舞伎でも演じられるようになった。回向院の話に出てきた鼠小僧次郎吉と同じだろう。

なんでも河内山先生は若いころ、名前を名乗ると「河内山宗俊の子孫か」とからかわれ、そのたびに「知らざぁ言って聞かせやしょう。お数寄屋坊主の、河内山たぁ、おれのこったぁ」と、切り返したと、おいらクンクンは聞いている。えっ、でも、ちょっとお待ちなせえよ。その台詞《せりふ》は違うんじゃないだろうか。おいらが調べたところでは、「白浪五人男」に出てくる弁天小僧菊之助のせりふのはず。

「知らざぁ言って聞かせやしょう。浜の真砂と五右衛門が歌に残せし盗人の種は尽きねえ七里が浜、その白浪の夜働き以前を言やぁ江ノ島で、年季勤めの稚児が淵、百味講で散らす蒔き銭を当てに小皿の一文字《いちもんこ》、百が二百と賽銭のくすね銭せぇ段々に、悪事はのぼる上の宮。岩本院で講中の、枕探しも度重なり、お手長講と札付きに、とうとう島を追い出され、それから若衆の美人局。ここやかしこの寺島で、小耳に聞いた爺さんの、似ぬ声色でこゆすりたかり、名せぇゆかりの弁天小僧菊之助たぁ俺がことだぁ」

ところが、河内山先生は「そんなことは私も大人になって気が付いて勉強したので、とうに知っているさ」と、しらばっくれ、こんな講釈をしてくれた。

広辞苑によると、と言いたいのだが、正直にいえば、安直なＩＴ情報を見ると、百味講とは「信者が集まって寺院に百味の珍味を備えること、または、その集まり」とある。ここに出てくる岩本院は、江戸時代に江ノ島（神奈川県藤沢市）にあった江島神社に参詣する人が泊まる建物（宿）で、女人禁制の格式ある宿坊だった、そのため客の世話は、近隣の漁村に住む男の子を稚児として働かせていたという。つまり弁天小僧は稚児あがりで、いろいろと悪事を重ねていたというわけである。

ふーむ、河内山先生の話は、どうも付け焼刃くさい。正直に言えば、先生は今年で九十歳になるのに、歌舞伎座に通ったり、講談を聞きに行ったという話は聞いたことがないのである。

講釈師、見てきたような嘘を言い

講釈とは、文章や語句の意味を説明することをいうのだが、そういえば、先生は「講釈師、見てきたような嘘を言い」という言葉が好きだ。「ま、吾輩の処世訓でもある」と、自慢げに小鼻を膨らます癖がある。

いうまでもないが、講談を語る講釈師は、片手に持った張り扇で釈台を叩き、調子よくメリハリをつけて語る。リズムが命なのだ。「講釈師、扇で嘘を叩き出し」で、語りは針小棒大、「嘘も交えた口から出まかせ」でも、リズムがあって面白ければよいといっても過言ではない。

先生はいったいどんな人物なのか。おいらは江東区潮見の茜ママのマンションで初めて先生に逢った。そのころの先生は、なんとも仰々しい名刺をふりかざしていた。実際は海運業界紙の記者なのだが、肩書きは日本労働記者クラブ会員、戦没船を記録する会理事、太平洋学会会員の3本立て。一般的には「海事ジャーナリスト」と称していたらしい。本も何冊か書いているが、代表作は、日本で唯一の産業別単一組織といわれていた全日本海員組合を題材にした

「日本海員風雲録」（東陽書房刊）で、１９８８年度の労働ペンクラブ賞を受賞している。

そこで、おいらクンクンは意地悪といわれるかも知れないが、こっそりと通読してみた。内容は、海員組合が外航海運・内航海運の４船主団体に対して大幅賃上げを要求し、１９６５年（昭和40年）11月から正月休戦を挟んで決行した正味35日間の長期ストライキと、１９７２年（昭和47年）４月から7月にかけて「人間性の回復」をスローガンに賃上げを要求し、実施した完全ストを主なテーマとしたドキュメントだった。

海員組合内部の左右勢力の対立など、面白おかしく、といえば語弊があろうが、なかなか良く書けていると思った。だが、驚いたのは、先生は船員出身ではない。ストライキ中の組合員を訪船してもいない、労働運動に自ら参加したこともないのだ。多分、労使の関係者に取材して「見てきたように」表現したのではないかと、おいらは考えた。先生が「講釈師」の話をするのは、船員労働の実体験がないのに、「偉そうなことを書いた」というコンプレックスの裏返しなのだろう。

ただし、日本労働ペンクラブの機関紙「労働ペン」（２０１０年8月10日発行、ＮＯ１５１）によると、労働ペンクラブ賞の主な受章作の中で、労働運動に長年かかわってきた海員の著作、例えば木畑公一著「アジア船員と便宜置籍船」（84年受章）、河内山典隆著「日本海員風雲録」

（88年受章）などは、「貴重な歴史的資料といえるだろう」と、高く評価していることを付記しておきたい。

講談のリズムではないが、先生の書く文章は、ある種のリズム感があって読みやすいと、おいらには思えた。ご本人もその点はかなり意識しているらしい。だが、このリズム感についても、先生には屈辱の過去があるようのである。

せっかく入学した旧制の山口高等学校では、勉学に身が入らず、コンプレックスにさいなまれて不登校の引きこもり状態が続き、2年連続落第して退学したらしい。ろくに勉強もしないくせに文学青年気取りだった先生は、戦後間もない１９４８年（昭和23年）に故郷の山口県から上京し、明治大学専門部文芸科に潜りこんで、かたわらお茶の水のアテネ・フランセに、美人講師のマドモアゼル・レダンジェの顔を見るために出入りしていた。文芸科は戦前の学制で、昭和24年には新制大学の文学部に衣替えするのだが、当時はまだ先生と同じような文学青年や演劇青年が多数たむろしていた。同級生には、そのころはまだ珍しかった女性も３人いたのである。

そうした文学青年が何人かが集まって刊行したのが「駿河台文学」という同人誌だった。出版費用をどうして捻出したのか、まったく記憶がないらしいのだが、先生も短編小説を発表していた。題名は「赤提灯」だった。そのころ先生は、戦後、太宰治。坂口安吾、石川淳らとともに新戯作派（無頼派）として知られた織田作之助のファンで、とくに初期の作品「夫婦善哉」の影響をあからさまにした文体を多用していた。ところが、その小説を文芸科の英文学系の先生（名前は忘れたらしい）に読んでもらったところ、批評以前に「君は赤本の読みすぎではないの」と一蹴されてしまったのだ。がっくりした先生の心境は想像に難くない。

赤本とは、もともとは江戸時代に刊行された草双紙の一種（子供向け）をいうが、現代では明治・大正時代になって刊行された立川文庫のことを赤本と呼んでいる。戦国時代末期から江戸時代初期にかけて活躍した武将、真田幸村（史実では真田信繁）に仕えたとされる猿飛佐助、霧隠才臓、三好青海入道など「真田十勇士」（いずれも伝承上の架空の人物）の物語である。「赤本の読みすぎ」と指摘されれば、そのとおりで、先生は小学生のころは、もっぱら立川文庫を読みふけったものだった。ま、あえていえば、立川文庫と織田作の文体をごちゃまぜしてリズム感を出すのが、河内山先生の得意技であったのだ。

ところで本当に「駿河台文学」が出版されたのかどうか、おいらが調べて見ると、明治大学文芸科の歴史を紹介する資料の中に、昭和24年（１９４９年）ごろに存在したと書かれていた。その後、昭和27年ごろに「明大文芸」が、また、昭和47年から55年にかけても「駿河台文学」

が刊行されているが、いずれも短い期間で終わった同人誌だったという。

余談だが、明治大学文芸科は、明治大学が創設された間もない明治39年（1906年）に、夏目漱石と上田敏を教壇に迎えて「文科」開講を試みたが、学生が集まらないため無期限の休部状態になっていたものを、昭和7年（1937年）に文科専門部文芸科として再興したものと記録されている。初代文芸科長は、そのころ既に文壇で活躍していた山本有三。山本の下で実務を取り仕切ったのが児童文学の吉田甲子太郎だった。他の大学の文科とは違った独自色を出すため、当時としては極めてユニークな教育を行ったことで知られている。

教員・講師には岸田国士、豊島与志雄、横光利一、里見弴、獅子文六、久保田万太郎、三宅周太郎、小林秀雄、谷川徹三、土屋文明、萩原朔太郎、舟橋聖一、阿部知二、今日出海、高橋健二、米川正夫、辰野隆、長与善郎、吉野源三郎ら、著名な文人・学者が名を連ねていた。

河内山先生がいうには、戦前に慶応義塾大学を卒業した遠い親戚のプレイボーイから、明大の文芸科は、「戦時中でも教室で講義を聞きながら煙草を吸っても、とがめられないという自由な気風があった」と教わったので、笈を担いで上京し小説家になるには、ここで勉強するしかないと考えたのだそうだ。もっとも本音をいえば、戦後の混乱期なので入学試験も形式的で、専門部の文芸科なら受験すれば必ず入学できたこと、父親が楽とは言えない家計の中から学費を出してくれたことも背景にあったようである。

先生が入学した時も吉田甲子太郎は教授として健在で、児童雑誌「銀河」の発行に携わっていた。小林秀雄、舟橋聖一も1週間に1度は教壇に立ってくれた。また、新しく仏文学者の渡辺一夫、文芸評論家で作家の中村光夫（本名・木庭一郎）、哲学者の唐木順三など、戦前にひけをとらない顔ぶれだった。先生が在学中に最も薫陶を受けたのが、豊島与志雄の女婿《むすめむこ》で、文芸科を卒業後、仏文学者、文芸評論家として売り出したが、後に新制明治大学文学部教授を経て、明治大学学長となった斉藤正直だった。河内山先生が在学していたころは「近代文学」の同人でもあった。

参考までに「近代文学」は１９４６年（昭和21年）に、本多秋五、平野謙、山室静、植谷雄高、荒正人、佐々木基二、小田切秀雄を同人として創刊した文芸誌で、戦後派文学推進の拠点となった。昭和39年に廃刊。ブリタニカ国際百科事典・小項目辞典によると、一時期、同人を拡大し、総勢32名になったとしている。

もうひとり印象に残っているのが唐木順三だったと河内山先生はいう。昭和15年（１９４５年）に同郷の古田晁、臼井吉見とともに筑摩書房を設立。戦後は臼井とともに雑誌「展望」の編集に携わり、昭和31年（１９５６年）に、「中世の文学」で読売文学賞・文芸評論賞を受賞。後に日本芸術院賞を受賞したえらい人だった。でも先生は知らないだろうな。おいらクンクンが調べたところ、戦時中に満州教育専門学校という満州国の教育機関で教鞭をとっていたのだ。あとで話すが先生の本籍は山口県だが、本当は東京生まれの満州育ちで、山口県に住んでいたのは戦時中から戦後にかけての7～8年に過ぎないらしい。「満州残像」という本を書いている先生の名誉のために教えてあげることにした。

少し話が横道にそれたようだが、ここで全国的に見ても珍しいとされる河内山姓について、おいらが調べた結果をご報告しておこう。

まず、河内山という姓について、山口県柳井市伊保庄では、鎌倉時代に静岡県沼津市西浦河内から移り住んだ安倍氏が称したと伝えられている。一方、山口県熊毛郡平生町佐賀では、南北時代に神奈川県伊勢原市上粕屋・下槽屋から、河内氏が来住し、その後衛が称したと伝えている。いずれにしても河内山姓は、近年のデータを調べてみると全国で1200人ぐらいしかいないらしい。最も多いのが山口県で約500人(うち瀬戸内海に面した防府市が約200人)となっている。

河内山先生の本籍は日本海側の山口県萩市だが、現在はほとんどいないようでデータにも出てこない。防府市で最も多いのが市の中心部からは遠い海水浴場で知られる富海《とのみ》で80人ぐらいだ。で、あるからして、日本海側の河内山と防府市富海の河内山は血縁的には無関係だと思われる。ところが「縁は異なもの」で、先生の母方の叔父に、富海の醤油醸造業・河内山家の娘が嫁いだことで、両家は遠い親戚関係になったという。念のため言っておくが、あの「河内山宗俊」とは、まったく関係はないのである。

読者はもちろん、おいらクンクンもまったく興味はないのだが、ことのついでに、先生の家系について先生自身がまとめた文書を発見したので、原文のまま紹介することにする。

菩提寺である萩市の曹洞宗「海潮寺」の過去帖に見る限り、われわれの先祖は「内山」姓を名乗っていたと考えられます。内山姓の成年男子は釈妙音信士と釈応道信士だけ。明らかなのは没年だけ、年齢不詳なので定かではありませんが、西暦1685年から1738年にかけて内山姓であったと推測します。

その後、難波姓となり河内山姓に続いたと聞かされていましたが、過去帖をよく読むと難波姓と河内山姓が同時代にわたっています。むしろ内山から河内山になったと考えるほうが自然です。難波家は河内山家と並列する重要な親戚だったのではないでしょうか。

1740年代から1780年代に没した河内山姓の成年男子は、河内山半蔵、河内山左源太、河内山半右衛門、河内山孫左衛門（または孫右衛門）ですが、家督を継いだ当主が誰であったかは不明です。はっきりしているのは1850年（嘉永3年）に没した河内山多四郎から以降です。多四郎の後、家督を継いだのが喜一、太輔、隆輔（典隆の父）ということで、典隆は5

代目に当たるわけです。

〈クンクン注〉典隆は先生の名前である。

（三）

保守系総理大臣8人と共産主義者

ところで、山口県が明治維新以来、多くの興味深い人材を輩出しているのは、ご存知だろう。真っ先に挙げられるのが吉田松陰だ。

この人は毛利三十六万石の長州藩士で、明治維新の精神的指導者として知られている。私塾「松下村塾」で、後の明治維新で重要な働きをした多くの若者に思想的影響を与えたとされている。高杉晋作、久坂玄端、吉田稔麿、入江九一、寺島忠三郎、有吉熊次郎、前原一誠、時山直八、玉木彦助、増野徳民、駒井政五郎、松浦松洞らである。これらの人びとについて、いちいち解説していたら、きりがないので省略したい。正直に言えば、おいらも勉強不足で、奇兵隊の高杉晋作を除いては、ほとんど知らないので、ご容赦願いたい。

それよりも、山口県からは総理大臣が、全国最多の8人も出ていることを知っている人は多いのではなかろうか。初代総理大臣の伊藤博文は、現在の光市出身。明治18年に44歳（最年少）で総理大臣となり、通算して4度、総理大臣に就任している。

この後、列挙すると、山縣有朋、桂太郎、寺内正毅、田中義一、岸信介、佐藤栄作、安倍晋三で、このうち山縣、桂、田中が萩市の出身であることも発見した。山口県と言えば、この8人を見ても分かるように保守党（今の自由民主党）の金城湯池である。

ところが、山口県出身の政治家を調べていると面白い発見もあった。なんと保守とは正反対の革命家というか、左翼的人物もいるのである。しかも、河内山先生と同じ萩市出身が2人もいた。まず初めに紹介したいのが野坂参三という男だ。この人の生き様は波乱に満ちている。1892年（明治25年）、萩市の商家に生まれたというから、先生より35歳も年上になる。だから、先生が野坂参三に関するする知識を得たのは、戦後の新聞やラジオ報道、たまに映画館でみるニュース映画などでしかない。

先生がいうには、戦前の1928年（昭和3年）に治安維持法違反で逮捕され、府中刑務所に収容され、17年間も獄中で過ごしてきた徳田球一が、1945年（昭和20年）10月に出獄、戦勝国の米英など連合軍によって解放されたとの認識で、いち早く日本共産党を再建。翌46年

5月1日に11年ぶりに復活したメーデーでは、深刻な食糧難の時代とあって、宮城前広場（皇居前広場）で、飯米獲得人民大会を開催している。この時のデモ行進で「国体はゴジ（護持）されたぞ　朕《ちん》はタラフク食ってるぞ　ナンジ人民飢えて死ね　ギョメイギョジ（御名御璽）」というプラカードを掲げ、後に不敬罪が適用された事件があった。

現代の日本では考えられないことだが、敗戦直後の日本共産党の姿であることは記憶にとどめておくべきだろう。

徳田球一は、直情径行型のいかにも闘士然とした男だったが、どこか愛すべき側面があり、憎めない人物だったともいわれている。

ところが、その年（昭和21年）1月に中国から帰国し、凱旋将軍よろしく歓迎されたのが、野坂参三だった。詳しい経歴は省略するが、根っからの共産主義者で、１９４０年（昭和15年）には中国の延安で中国共産党に合流し、日本人民解放連盟を結成するなどして、日本帝国主義打倒を目指して活動していたという。

帰国するや徳田球一らと日本共産党の再建を果したが、徳田とはひと味違うソフトな語り口で「愛される共産党」をキャッチフレーズに、日本の皇室を容認するなど、平和路線を打ちだし、宮本顕治らの国際派と対立した。その後、紆余曲折はあったが、最後はソ連のスパイ（一説にはアメリカとの二重スパイ）だったことが暴露され、日本共産党名誉議長を解任、さらに除名され、１９９３年（平成３年）11月、１０１歳で亡くなっている。

さらに同時期の共産党幹部・志賀義雄も萩市出身だ。旧制萩中学校から一高を経て東大文学部を卒業したエリートだが、在学中に非合法の日本共産党に入党。前述した徳田球一と同じ昭和３年の３・15事件で検挙、治安維持法違反で有罪とされ、敗戦で釈放されるまで、徳田らとともに獄中にあった。この後に話す予定の宮本顕治も含め、戦前・戦中の非合法組織である日本共産党の党員だった人たちは、いずれも波乱に満ちた苦難の人生を送っているが、志賀も例外ではない。

戦後の共産党は、連合軍による占領状態が続いていたため、平和革命路線を標榜していたが、ソ連のコミンフォルムがこれを批判したのを契機に、徳田球一らが武装闘争路線に傾いたのに対し、志賀はこれに反論したため反主流派の国際派として扱われた。徳田ら主流派は志賀の党員資格を停止し、事実上除名している。この時、宮本顕治は国際派のリーダー格であったが処分されていない。

志賀はその後、主流派が武装闘争路線を放棄したことで復権する。しかし、１９６３年（昭和38年）に部分的核実験停止条約が調印されたことをめぐり、当時、中国共産党と友好関係にあった日本共産党指導部が条約批准反対を決めたことに、ソ連に近い志賀は反対を表明。再度、共産党を除名された。このため同志らとソ連よりの「日本のこえ」を結成し政治活動を続けたが、次第に影響力を失い、1989年（平成元年）に死去した。

さて、最後の大物は宮本顕治だ。この人は河内山先生の萩市ではない光市の出身である。東大経済学部を卒業した1931年（昭和6年）に日本共産党に入党。在学中からの文芸活動をもとに日本プロレタリア作家同盟に加盟。作家の中条百合子と結婚したこともあって、河内山先生が戦後、宮本顕治という名前を知ったころは、「宮本百合子の亭主」という印象が強かったそうである。

この人の場合は、戦前（昭和8年）の日本共産党スパイ査問事件（宮本らが党員の小畑達夫をスパイとしての査問中に、外傷性ショック死させた容疑）を無視するわけにはいかないが、詳細はカット。昭和20年5月に宮本の無期懲役判決が確定し、網走刑務所に収監されていた。戦後、不当判決ということで宮本は復権した経緯がある。

だが、1958年（昭和33年）に党の書記長に就任して以来40年間、中央委員会幹部会委員長を務め日本共産党を指導してきた。その間、これまで見てきたような党内の権力闘争などを乗り越えて、実権を掌握してきた生き様は、それなりに評価すべきかも知れないと河内山先生はいっている。

もう1人、山口県人には忘れられない人物がいる。難波大助という男だ。おいらクンクンが検索したIT情報によると、出自は奇しくも宮本顕治と同じ光市（旧熊毛郡周防村）で、1899年生まれ。難波家は陪臣（将軍家の直参ではない又家来）ながら、長州藩寄組清水氏の一族という地元の名家で、大助の父・作之進は衆議院議員だったとある。

難波大助の精しい経歴は省略するが、長じて共産主義者となり、1923年（大正12年）12月27日、東京・虎ノ門で摂政宮・皇太子裕仁親王（昭和天皇）を狙撃、暗殺しようとして失敗し現行犯逮捕された「虎ノ門事件」で、大逆罪により死刑に処せられた男だ。大審院の最終判決で、「日本無産労働者、日本共産党万歳」「ロシア社会主義ソビエト共和国、共産党インターナショナル万歳」と三唱し、周囲を狼狽させたという。難波大助は共産主義者というよりも、昨今、流行語のように使われている「テロリスト」というべきだろうと、河内山先生は解説してくれた。

先生は、河内山家の家系の中に難波姓の親戚が多いこと。実際に戦時中には、職業軍人（たしか陸軍中佐だったと記憶している）で、親戚の「難波のおじさん」がいたこともあり、ひょっとしたら難波大助は遠い親戚筋かもしれないとぼやいていたな。

テロリストといえば、最近、吉田松陰および松陰の影響を受けて明治維新で活躍した多くの若者たちを、テロリスト（暗殺者集団）と断じる説が流布されている。山口県人の河内山先生にとっては由々しき問題だと、おいらクンクンは受け止めている。まぁ、何事であれ表があれば裏もあるわけだし、明治維新をどのように解釈しようが、表現の自由は尊重しなければならない。しかし、吉田松陰らをテロリスト呼ばわりするのはいささか短絡に過ぎる。「木を見て森を見ず」の類ではないかと、おいらは考える。

河内山先生は「大局的にいえば、明治維新は幕末の徳川将軍政治に不満を募らせた下級武士によるクーデターであって、テロリズムとは異質の政治的革命だったと考える」と説明してくれたが、おいらも大筋では賛成だ。

（四）

ペットの飼育、猫が犬を上回る

全国の犬と猫の推計飼育数によると、猫が953万匹（前年比2・3％増）なのに対し、犬は892万匹（同4・7％減）で、1994年の調査開始以来、初めて猫が犬を上回ったという。もちろん、おいらクンクンはこんな業界団体があることも知らず、人間様が飼育している犬や猫の数を毎年調べているなんて、なんともご苦労なこっちゃと思う。

犬の飼育数は、この調査を始めてから一貫して猫を上回っていた。有史以来の人間と犬の長い付き合いを思えば、至極当然の話だと、おいらは考える。ところが3年ぐらい前から犬の飼育数は減少に転じ、猫が増え始めたらしいのだ。犬はピーク時の2011年に比べると25・3％も減少したという。

そこで、減少した理由を聞いてみると、1990年代後半以降の小型犬ブームの時に誕生した犬が、寿命を迎える時期に入ったこともあるが、同じように飼い主の人間様も高齢化し、犬は「しつけや散歩」が必要なこともあって、猫に比べて負担が大きいため敬遠され、「飼い控え」

傾向が生じたというのである。

1998年生まれのおいらにとっては、誠に耳の痛い話になってきた。というのも、あのターザン後藤さんと茜ママの合宿所に移り住んで間もなく、どういうわけか「うんこ」を我慢できず、長い廊下のあちこちで垂れ流す、というよりは、少しずつ排便する悪い癖がついてしまったのだ。犬のためのトイレは、どこの家庭でも準備されているものだが、おいらは定位置でのトイレが気に食わないのだった。

それでも茜ママは、「私たちが仕事で外出している間、ワンコたちは留守番しているわけだから、寂しいのだと思う。誰もかまってくれない腹いせにクンクンはウンチをするのじゃないか」と、初めのうちは同情してくれていた。「ダックスフントのクンクンは、先祖が猟犬なので、負けず嫌いで頑固のところがある」とも。そう言えば、ダックスフントについて、そんな1面があると書いてあったのを思い出した。でも本当はそんなつもりではなかった。やはり排便機能が変調を来たしていたのだと思う。

あっ、そんなことより、もっと重要な環境変化があったことを、お知らせしておくべきだった。

それは東京タワーの高さ333メートルの2倍近い643メートルを目指し建設中の東京スカイツリーが、そろそろ完成に近づいていたころだと思う。茜ママとターザン後藤さんが、京成電鉄・曳船駅の近くにカラオケ・スナック「茜」をオープンしたのだ。店は後藤さんが主宰するプロレス団体「スーパーFMW」の事務所を兼ねていた。オープンまでには、プロレスラーとしての後藤さんの実績・信用とともに、茜ママ（演歌歌手・茜ちよみ）への地元商店街（とくに有力飲食店）の理解と協力があったと聞いている。おいらクンクンとしても、ひそかに感謝しているところだ。

茜ママこと「茜ちよみ」と河内山先生との出合いについては、先生の備忘録「その時、船員はどうする」（2006年10月、文芸社刊）の「あとがきにかえて——女の話」に詳しいので重複は避けたい。先生は茜ママと知り合う以前の彼女の生き様について詳しく知りたい気持ちはあっても、根掘り葉掘り聞くのは大人気ないと遠慮していたらしい。

ただ、先生がおいらクンクンの住み家に来るようになって、かなりの月日がすぎたころ、問わず語りに茜ママが先生に話しているのを耳にした。

その受け売りだが、茜ママは、九州は博多の古刹（真言宗）の末娘で、二十歳前に家出同然で単身上京したらしい。ということは相当なおてんば娘だったということになるな。自分で探したのかスカウトされたのか、雑誌モデルの仕事にありついたが、それだけでは生活が苦しいので、間もなくアルバイトのつもりで銀座の高級クラブのホステスとして働くようになった。「そのころは可愛いかったので」と茜ママはいった。おいらクンクンの聞き間違いではない。お客さんに可愛がられ、ギャラはうなぎ上りで、たちまちナンバーワン・ホステスになったのだそうだ。

これから先は、ややこしくてクンクンにはとうてい理解できないことも多々あるので、時の流れを無視して要約すると、そのクラブで沢山の有名人と親交を深めた。なんと「茜ちよみの処女を守る会」が結成され、その会員たちの支援を得て、六本木か赤坂あたりでクラブ「茜」をオープン。その後の人生の糧とすることができたということのようだ。

その人たちの名は、政治家なら学生運動、安保闘争など激動の時代の警視総監で、後に佐藤栄作首相の強い要請を受けて東京都知事選挙に立候補したが、革新派の美濃部亮吉に100万票もの大差で敗れた秦野章（2009年に91歳で没）。衆議院議員で民社党第8代委員長、後に新進党幹事長などを歴任した米沢隆（2016年76歳で没）。茜ママが銀座のクラブから現在の曳船のスナックまで、使い続けている「茜」の文字は米沢の揮毫によるものだ。

スポーツ界では早大からプロ野球「中日ドラゴンズ」に入団。外野手・一塁手として17年間活躍し、現在は解説者、早大客員教授の谷沢健一（1947年生まれ、70歳）。プロレスラーで、三冠ヘビー級王座の初代王座、日本人初のＡＷＡ世界ヘビー級王者で、「世界最強のレスラー」といわれたジャンボ鶴田（２００５年49歳で没）。師匠でタッグを組んだジャイアント馬場との付き合いはジャンボ鶴田を介して始まったらしい。

芸能界では、河内山先生が知っている（挨拶した程度）だけでも、船越英二、松平健がいる。船越英二（２００７年３月17日、84歳で没）は近年、松井和代という変な女との離婚騒動で話題となった船越英一郎の父君である。俳優歴は長く、紫綬褒章や勲４等旭日小綬章を受賞した名優だ。茜ママは「船越のお父さん」と呼んでいた。引退して湯河原で旅館を経営、悠々自適の生活を送っていたころ、銀座のクラブ「茜」に時々姿を見せた。

２００２年９月に相撲甚句の歌い手として人気のあった大至（最高位は前頭３枚目）が引退。その断髪式が両国の国技館で開催された。河内山先生は茜ママに誘われて升席から見守ったのだが、なんと「船越のお父さん」が断髪式に登場し、終わって茜ママの升席に鎮座ましましたのだ。同席した先生は恐縮して、ひと言ふた言、ご挨拶代わりに、しゃべったらしい。船越英二は１９２３年３月17日生まれ。もうお分かりだと思うが、生年と没年が同日という珍しい人でもある。

松平健（１９５８年生まれ）は、１９７８年から２００２年まで続いたテレビ朝日系の長寿番組「暴れん坊将軍」で主役をつとめ、一躍有名になった。将軍の「爺や」役が船越英二だったのも、茜ママにとっては何かの縁というものだろうか。松平健はまた、舞台のフィナーレでパフォーマンスとして熱唱する「マツケンサンバ」でも知られている。通称「マツケン」。

茜ママは、芸能界はもとより相撲界にも知己が多いが、いちいち紹介するときりがないので、この辺で打ち切りたい。ただ、大相撲との関わりは、茜ママの実家がお寺さんだったことによるようである。先ほどもちょっとふれたが、詳しくいうと福岡市西区姪の浜にある真言宗大覚寺派「飛形山長栄寺法蔵院」で、本尊の十一面観音菩薩は筑後八女飛形山より勧請したものといわれている。つまり大相撲は本場所を終えて地方巡業に出るが、その際、部屋ごとにお寺などに稽古場を作り宿泊する。法蔵院はその常連のお寺だったというわけだ。茜ママは「ターザン後藤は15歳のときから知っている」という話は、おいらクンクンにも納得がいくというものだ。

〈クンクン注〉勧請《かんじょう》という言葉を初めて聞いて調べてみると、仏教用語で「勧め請う」という意味だと分かった。真心こめて仏に願って説法を請い、仏が永遠にこの世にあって人々を救ってくださるようにと請願すること。ひいては神仏の分身・分霊を他の地に移して祭ることのようだ。なお、この項だけは敬称を略させていただいた。悪しからず。

男より強く女より美しく

スナック「茜」は、カウンターとテーブル席があり、詰め込めば30人も座れるスペースで、茜ママと、ちいママの「れいな」ちゃんの二人だけで営業、ターザン後藤さんも毎晩のように顔を出してサポートしていた。そうだ「れいな」の紹介を忘れていた。いや、忘れていたわけではないのだが、どのタイミングで話そうかと苦慮していたところだった。

まずＩＴ情報のプロフィルを紹介する。

鮎川れいな（１９８１年2月21日生まれ）、日本のプロレスラー、エンターテナー。血液型はO型。ニューハーフ・プロレス団体「ダイナマイトバンブ」の創始者。初代ニューハーフ世界選手権チャンピオン。

河内山先生が「れいな」に初めて会ったのは、ターザン後藤さんが浅草で経営していた居酒屋「ファイト倶楽部」だった。先生が開店間もない時間に行くと、若いお嬢さんが、ひとりぽつねんとシートに座っていた。誰かを待っているようにも見えたが、背筋をピンと伸ばして身じろぎもしない。先生はどうしたものか。お互い黙って座っているのも耐え難いので声をかけたという。

どういう言葉を使ったか先生は覚えていないらしいが、彼女が「あたしはニューハーフです」と答えたことだけは記憶していると、おいらに説明している。

いきなりニューハーフといわれて「えっ」ともいわず平然としている人がいたらお目にかかりたい。ジーパン姿だったが、てんから女性と思い込んでいたので、先生もびっくりしたはずだ。このあと、しどろもどろの会話が続いたであろうことは間違いない。

ただし、先生がニューハーフの存在を知ったのは、この時が初めてではない。平成年代のはじめ先生は中国・上海在住の女性「柴敏（ツァイミン）」と、中国のハワイといわれる海南島を旅したことがある。そこでタイからやってきたニューハーフ芸能集団のショーを見物する機会があったからだ。タイのニューハーフは美人が多いので有名だが、先生が見たニューハーフも美人ぞろいだったそうな。

「れいな」がファイト倶楽部にやってきたのは、後で聞いた話だが、プロレスのターザン後藤一派（当時はそう呼ばれていた）の「マネージャーをやらせてほしい」と、後藤さんに直談判にきていたのだ。おいらは「勇気があるなあ」と感心したものだ。

結論をいうと。「れいな」は、後藤さんに「プロレスをやらないか」と説得され、弟子入りして、日本ではじめてのニューハーフ・プロレスラーの道を歩むことになる。アイデアマン「ターザン後藤」の目の付けどころが面白い。ニューハーフプロレス団体『ダイナマイトバンプ』（茜ちよみ代表、コーチはもちろんターザン後藤）が、「男より強く、女より美しく」を謳い文句にファイト倶楽部で旗揚げ戦を開催したのは2008年12月25日だった。どこから集めたのか「れいな」に聞いたことはないが、多分ニューハーフ仲間であろう、メンバーは、「れいな」のほか、「みかん」こと望月あんな、マロンこと望月りんか、など5～6人いたと思う。ただ、残念なことに、このダイナマイトバンプは2010年1月、ターザン後藤さんが主催するスーパーFMWに吸収合併され、事実上、解散してしまった。当時、残っていたニューハーフレスラーは鮎川れいな、望月りんか、猪熊ユカの3人だけだった。

余談だが東京スカイツリーが完成、開業したのは2012年5月で、総事業費は約650億円といわれている。開業後のスカイツリーには河内山先生もたびたび訪れている。しかし、観光の目玉である展望台（地上450メートルの天望回廊）まで登ったことがない。途中階にある飲食店で飲み食いするだけらしい。地元の人でも子供のいない高齢者などで、展望台に登ったことがない人も多いのではないかと、おいらクンクンは想像している。それでもライトアップされたツリーの夜景は、地元の人にとっても楽しみになっているのは間違いない。

そういうわけで、茜ママの日常生活もスナック「茜」を中心に回転。スカイツリー展望台に行く暇もなく、帰宅は夜遅くか、時には朝になることもある。帰宅してからの、おいらの「うんこ掃除」は、ママにとっては、重労働になってきた。汚い話で申し訳ないが、時間がたっているので廊下にこびりついて、直ぐにはふき取れない状態になっているからだ。「クンクン、また汚して。ママは腰が痛いよ」と、ぶつくさ独りごとをつぶやいているママを見ると、心が痛んだ。

こうしたおいらを心配したママは、近所の犬猫病院に連れて行き、診断してもらったところ、「クンクンは痔ろう」と言われたらしい。河内山先生にもそう説明していた。聞いたことがない言葉である。早速、ＩＴ情報で調べてみると、「痔ろう」（痔瘻）とは、下痢などで、肛門の組織に細菌が入り込み、肛門の周囲に膿《うみ》がたまった状態を肛門周囲膿瘍《のうよう》というが、この状態が進み、膿が外に出てトンネルができた状態をいう」とある。化膿によるズキズキした痛みがあり高熱を発することもあると。ところが、おいらの場合、痛みはないのだった。痔ろうではないと思っている。

おいらにとって病名はどうあれ、茜ママに迷惑をかけていることだけが気がかりなのだが、あえて「痔ろう」の話を持ち出したのは理由がある。実は河内山先生には「痔ろう」の前科、いや既往症があるのである。90歳になっても現役で頑張っている先生にとっては、茜ママや、ごっちゃんは言うにおよばず、現在付き合いのある友人、知人にも話したことがないアキレス腱というか、「弁慶の泣きどころ」のようなものだからである。先生が黙っていたい気持ちは痛いほどわかるが、今のおいらはなんでもお見通しなのだ。

１９４８年（昭和23年）４月、当時満19歳だった河内山先生は、前にも話したように山口県から上京し明治大学の専門部文芸科に入学していた。言葉足らずだったが、先生の家族は当時、本籍地の萩市ではなく、母方の実家がある防府市、しかも、河内山姓が最も多い富海《とのみ》地区に仮住まいしていた。さらに説明すると先生一家は戦前の満州（現在は中国の東北地方）帰りで、本籍地に居住したことはないのである。満州がらみの話は、先生の著書「満州残像」（２００２年11月、海文堂発行）を読んでもらいたい。とは言いながら、戦後70年も経った今日、満州に関連して書かれた本を読みたい人がいるかどうか。

（五）

上京した先生は、都心から少し離れた中央線「荻窪駅」南口から歩いて10分ぐらいの閑静な住宅地に間借り生活をはじめていた。間借り生活とあえて言ったのは、食事付きの下宿ではないことを強調したかったからだ。

荻窪駅のある杉並区荻窪は、大正から昭和初期にかけて東京近郊の別荘地として知られ、

「君、死に給うことなかれ」の歌人・与謝野晶子と与謝野鉄幹や、太平洋戦争前夜の日本で総理大臣を務めた近衛文麿をはじめ、作家・芸術家など多くの文化人が移り住んだ。戦後もそのたたずまいは残っていたが、住民の生活は決して楽ではなかったようである。

河内山先生が間借りした家主は、ご主人が他界されたかどうか、初老の婦人と長女と長男の3人暮らしだった。長女は働きに出ていたようだが、長男は先生と同じ学生だったから、部屋を貸して収入の足しにするしかなかったと思う。先生が借りた部屋は8畳の客間だったが、実はその奥に「離れ」の6畳間があり、「吹春《ふきはる》さん」という東大生が入居していた。家族3人は台所に近い6畳と4畳半の2間でひっそりと暮らしていた。つまり、本来、間貸しできるのは離れの6畳だけだと思えるのだが、あえて最も広く南向きの客間まで間貸しするのは、家主さんの戦後の家計が楽ではなかったからだろう。

ここで、先生がちょっと思い出したことがある。奥の離れに寄宿していた東大生の吹春さんは、福岡市の出身で、あの漫画「サザエさん」の作者、長谷川町子と友達だと言いふらしていた。彼女は大正9年生れだから、吹春さんより年上であることは間違いない、しかし、本人が言うほど親しかったかどうかは、名前が名前だけに「大ほら」かもしれず真偽のほどは確かめようがないという。

「ところで先生。そのお宅のお名前を聞いていませんが」と、おいらは口を挟んでみた。先生曰く「思い出せないんだよ」である。そりゃないでしょう先生。さっき、おいらは何でもお見通しだと啖呵を切ったばかりですよ。

聞き忘れたが、食事つきの下宿ではないと先生は言うが、毎日の食事はどうしていたのだろうか。おいらが説明しよう。

昭和23年は、まだまだ戦時中からの食糧難が続いていて、地方から出できた学生や独り暮らしのサラリーマンなどは、役所から外食券というものを支給してもらい、行政公認の「外食券食堂」で、空きっ腹を満たすしか、為す術はなかったのである。主食はどんぶり一杯のご飯（麦の混じった麦飯）の時もあれば、コッペパン。おかずは決まってはいないが1品に、味噌汁、おしんこ、という寂しいメニューだった。

戦時中（昭和16年春から）、政府は国民に「米穀配給通帳」を発行し、これがないと米を購入できない食糧統制を行った。一般庶民はこれを配給米と呼んだ。たしか1日分が2合5勺（食糧難がより深刻になって、後に2合3勺になった）だったと思う、反対語は言うまでもなく闇米である。お金持ちや権力者は農家から直接高値で購入しただろうし、都会人は衣類などの物々交換で手に入れることもあった。

似たような話が現代でもある。そう、昨今、朝鮮半島非核化で話題の北朝鮮（朝鮮民主主義人民共和国）である。これはメディア情報の受け売りで、河内山先生の十八番《おはこ》「見てきたような講釈」になるが、北朝鮮の一般庶民は食糧（米なのか、とうもろこしなのか不明）の配給も少なく、ひもじい思いをしているらしい。戦後、作家の野坂昭如（河内山先生より2歳年下）が、戦災孤児となり、食べ物を求めて放浪した体験を、折にふれて語っていたのを思い出す。

昭和23年といえば、ここでは書ききれないほどの激動の年であった。まず1月には帝銀事件があった。帝国銀行（後の三井銀行、現在の三井住友銀行）椎名町支店に都の「消毒班」の腕章をつけた男が現われ、赤痢の予防薬と称して毒物を行員らに飲ませて12人を毒殺した事件だ。容疑者としてテンペラ画家の平沢貞道が逮捕された。無罪を主張したものの最高裁で死刑が確定したが、30年以上も執行されず、死刑囚のまま95歳で獄中死した。

その後、インド独立の父、マハトマ・ガンジー暗殺。イスラエル共和国の成立、太韓民国（李承晩大統領）樹立、朝鮮民主主義人民共和国（金日成首相）成立、福井大地震、極東軍事裁判で東條英樹ら7名に絞首刑判決など、あたかも現代の国際情勢を想起させるかのような出来事が相次いだ。

ただ、文学青年を気取っていた当時の河内山先生にとって、最もショッキングだったのは、あの太宰治入水事件であった。

なにしろ「走れメロス」「斜陽」「人間失格」などの太宰である。当時の文学青年で太宰の影響を受けなかった者はいないと言ってもよい。その太宰が6月13日、三鷹市の玉川上水で、愛人の山崎富恵と入水したというのだ。無理心中とか狂言心中失敗など諸説があるか、真相はどうあれ、死んだことは事実。その2~3日後、河内山先生は玉川上水の事故現場を訪れ冥福を祈った。と言えば、いかにも格好よい話だが、野次馬気分で見に行っただけらしい。

先生の「痔ろう」談義

はてさて先生。太宰治の入水事件が先生にとって大事件であったことは分かったけれど、何か忘れてはいませんか。また「思い出せない」とは言わせません。「痔ろう」の話ですよ。

「いやぁ、すまん、すまん」と、先生は次のような話をしてくれた。

実は太宰事件が過ぎて7月に入り、そろそろ夏休みになるので帰郷しようと、友人たちと相談していたところ、ある日、肛門の近くに「しこり」ができて、ズキズキ痛むようになってきた。はじめはイボ痔かなと思っていたが、数日もたたないうちに、患部が鬱血したように紫色にはれ上がり、立って歩くのも苦痛になってきた。

帰郷すれば病院を経営している親戚がいる。なんとしても帰ろうという思いが募った。東京で医者に行こうとは露ほども考えなかった。今はまったく記憶がないのだが、おそらく山口県の防府市に帰る予定の友人たち（誰だったか記憶が定かでない）が手配してくれたらしく、一両日のうちに東京駅を午前10時ごろ出発する急行列車で帰ることになった。中央線の荻窪駅から東京駅まで、なりふり構わず苦痛に耐えながら、なんとかたどり着き、列車が出発ホームに入ってくるまで、コンクリートのホームに寝そべって待つ始末だった。

当時の東海道本線・山陽本線で下関まで行く急行列車（もちろんＳＬである）は、山口県までほぼ23時間かかった。新幹線が当たりの前の現代では考えられまい。ようやく午前10時ごろ発車の列車に乗り込むことができた。これも摩訶不思議な話だが、駅弁を買ったのである。クンクンも、私が外食券食堂を例に出して、当時の食糧事情について話したことを憶えているだろう。それなのに、確かに薄い木の折箱に入った「幕の内弁当」が買えたのだった。貧乏学生が買えたのだから価格も手ごろだった筈だ。

当時の客車は向かえ合わせの４人掛けが主流だったから、友人３人と私で安心して座ることができた。座ると言っても肛門の苦痛は激しく、まともに座ることができないので、私は買ったばかりの弁当を網棚に乗せ、尻を可能な限り上向きにして丸まって列車に揺られていた。

静岡を過ぎたころだったか、線路のポイント通過か何かで、列車が大きく横揺れした。その途端、網棚の弁当が落ちてきて、私の股間を直撃したのである。しかも、折箱の角が股間の逸物と睾丸を見事に外し、痛みの根元である患部に命中したのだった。「あっ」という間もなく、患部からどろどろどろした膿がズボン（パンツは穿かず越中ふんどしだった）の中に流れ出したのが分かった。すると、どうだろう。雲散霧消というか、まったく痛みが消えたのだった。早い話が切開手術と同じ効果をもたらしたわけである。

またしても穢い話で申し訳ないが、流れ出た膿は越中ふんどし、ハンカチなどで、適当に処理した。その後の旅は快適とまでは言わないが、翌朝、山口県内に入るまでの夜行列車では熟睡できたというわけである。途中、徳山駅で下車して身体を清めることもできた。いま思うと、下りの急行列車は防府駅（当時はまだ三田尻駅だった）には停車しなかったので、徳山で各駅に停まる普通列車に乗り換えたのだと思う。

帰宅した後、一度だけ外科医の叔父さんに診察してもらったが、後遺症もなく今日にいたっている。だが違和感があるのは事実で、今でも排便後は、浴室の水道で尻を洗い、「痔にはボラギノール」の軟膏をすりこんでいる。

〈クンクン注〉先生の自宅のトイレはウォシュレット（温水洗浄便座）でないことが判明した。

なるほど、聞けばきくだけ面白い、いや滑稽な先生の話だが、当たりどころが悪ければ、致命傷になったかも知れないのだから、運が良かったというほかない。

どうも話が横道にそれるばかりで、おいらクンクンは何を訴えようとしていたのか忘れそうになった。本題は犬と猫の飼育数が逆転し、猫のほうが増えたこと。その要因が人間の高齢化にある。ということで、おいらは日本人の高齢化を解消し、若返りを図り、犬族を増やす必要があると思ったのだ。そこで、おいらは河内山先生が、「日本の移民政策」について、発表のあてのない論文を書き貯めているのを発見。読者の諸兄諸姉に紹介しようと考える。

（六）

日本の移民政策についての考察

（文責・河内山典隆）

厚生労働省が２０１７年１月に、日本で働く外国人労働者の総数が前年比19・４％増の１０８万３７６９人となり、公表を始めた２００８年以降、初めて１００万人を超え、国内雇用者数の２％弱を占めたと公表（調査は２０１６年11月）して以来、経済誌を中心にメディアによる「移民問題」の特集記事が相次いでいる。

厚労省の調査によれば、これら外国人労働者を在留資格別に見ると、日本人の配偶者がいたり、永住権を持っていたりする「身分に基づく在留資格」が約41万３千人で最も多い。次いで留学生などの「資格外活動」が約に24万人、「外国人技能実習生」が約21万１千人、研究者や会計の専門家など「専門的・技術的分野の在留資格」が約20万１千人となっている。

増加率の高いのは、半数以上が宿泊業・飲食サービス業（34・３％）および卸売業・小売業

（21・5％）で働く「資格外活動」と、8割近くが製造業（63・7％）および建設業（13・0％）で働く「外国人技能実習生」で、いずれも前年比約26％増だった。

国籍別では、中国が最も多く約34万5千人（31・8％）、ベトナムが約17万2千人（15・9％）、フィリピンが約12万8千人とアジア諸国が上位を占めている。減少傾向にあるブラジルは約10万7千人だった。これを前年からの伸び率で見ると、ベトナムが56・4％と最も高い

外国人を雇用している事業者数は17万2798か所で、日本で雇用される人の2％弱が外国人ということになる。

分類別で増えているのは、研究や医療など高度人材の20万994人で前年に比べて2割増加した。2012年5月から高度外国人材受け入れ促進を図るため、ポイント制を活用した出入国管理上の優遇措置を講ずる制度を導入している効果と見られる。また、産業別では製造業が23・5％を占め、卸売・小売業16・9％、宿泊業・飲食サービス業14・3％の順になっている。

〈注〉

2017年10月時点での外国人労働者数は127万8670人で、対前年比18％増で、企業の届出を義務付けた2007年以降、最高を記録。日本の労働力人口（満15歳以上で働く意思と能力を持つ人）は、2017年をピークに23年ごろから減少に転じると見られており、政府（安倍首相）は2025年までに50万人超の外国

人労働者受け入を目指すとコメントしている。参考までに平成30年9月1日現在、日本の総人口は1億2641万7000人（平成31年2月1日時点での概算値では1億2633万人）で、うち日本人は1億2425万9000人で前年同月比41万9000人（0・34％）の減少だった。

わが国における、こうした外国人労働者の雇用実態から、多くのメディアが指摘しているのは、人口減少にともなう人手不足（労働力人口の減少）が深刻化している中で、政府が原則として認めていない「単純労働者」に近い形で働く外国人労働者が存在すること。また、政府が「移民は受け入れない」政策を続けているにもかかわらず、技術移転を目的とした「外国人技術実習生」や「留学生」という名目で、移民と同じような扱いで働かせている実態があることなどを指摘。国の政策としては「移民はいない」ことになっているが、実際は「いるけどいない扱い」になっているのが問題視されている。

これは日本政府あるいは日本人がこれまで、真正面から移民の受け入れについて議論して来なかったためではないか、移民は「いるけどいない扱い」政策は限界に来ているのではないか、というのが主な論旨である。

〈注〉

2018年10月、政府（安倍晋三内閣）は、同年6月に策定した「骨太の方針」に基づき外国人労働者の受け入れを拡大（当面5年で34万人）する出入国管理法と法務省設置法の改正案（出入国管理・難民認定法）を10月24日召集の臨時国会に提出。年内に成立し19年4月された。これは、移民は「いるけどいない扱い」を是正するため、一定の「しばり」をかける必要があるためと見られる。

☆国際的に合意された「移民」の定義はない

もともと移民とは、異なる国家や異なる文化地域に移り住むこと、または移住した人々のことを指すが、通常1年以内居住する季節労働者は移民として扱う場合が多いという。国際的に合意された「移民」の定義はなく、最も多く引用されている定義は、国連の国連統計委員会への国連事務総長報告書に記載されている「通常の居住地以外の国に移動し、少なくとも12か月間、当該国に居住する人のこと（長期の移民）をいう」である。

はじめに、日本では移民に関する議論が不十分ではないかとの声があると紹介したが、自民党の外国人材交流議員連盟は「今後30年で総人口の10％程度の移民を受け入れるのが相当で、1000万人規模も夢ではない」とし、「移民庁」の創設まで提言。移民のカテゴリーは、①高度人材（大学卒業レベル）②熟練労働者（日本で職業訓練を受けた人材）③留学生④移民の家族（家族統合の権利保障）⑤人道的配慮を要する移民（難民、日本人妻など北朝鮮帰国者、その他日本が人道上受け入れを考慮すべき人々）⑥投資移民（富裕層）——を想定している。

さらに同議員連盟は、政府内で統一的な定義のなかった「移民」の定義について「入国時に在留期間のない者」とする独自の見解を示している。ということは、「在留期間のない者」を受け入れる政策は国民の抵抗感が強いので踏み込まないということになる。そうであれば、実態は「移民はいるけどいない」現状と変わらないわけで、大きく踏み込んだ移民政策ではなさそうだ。

朝日新聞（２０１７年６月21日付）は、在日外国人の生活を長く見てきた田中宏・一橋大名誉教授（日本アジア関係史）の「日本社会は、日本国籍を持つ人のためにあるという意識が根強い。どんなに長く生活しようが、日本人以外は社会の一員として認められない」とのコメントを紹介している。

〈注〉　法務省によると２０１７年６月末時点で、日本に在留する中国人（台湾を除く）は71万１４８６人で、前年同期比３万３９１５人増加した。うち日本国籍取得者は13万人としている。

☆20年も前の「移民政策論」

遡ること20年以上も前の話だが、筆者は拙著「その時、船員はどうする」（２００６年10月、文芸社刊）の中で、日本の移民政策について紹介した。当時、いやそれ以前から日本人船員（とくに国内貨物を輸送する内航船の船員）の不足が深刻化しつつあったが、内航船に外国人船員を導入することについては、「外国人単純労働者の導入は認めない」という政府方針によって、船員も単純労働者であるという判断から、内航船への外国人船員の導入が、正面から議論できない状況が続いていたという背景があった。

故小渕恵三首相の私的諮問機関であった「社会保障構造の在り方について考える有識者会議」は２０００年10月、「正規に受け入れた外国人労働者が社会保障の支え手となることが期待される半面、受け入れた外国人労働者が十分に活躍できるような社会的条件が整わない場合には、社会的なコストを招くことが懸念されている。外国人労働者の受け入れ問題は、人口減少にともなう労働力の減少を、外国人労働者で補うと言うのみで考えることはできず、受け入れる分野や条件とともに、雇用や教育、地域コミュニティなど、わが国経済社会に与える大きな影響を考慮した検討が必要」と提言。

通産省（当時）の「21世紀経済産業政策小委員会」が、２０００年3月に公表した「21世紀経済産業政策の課題と展望」でも、「外航人単純労働者の受け入れは低賃金依存産業の温存による産業構造転換の遅れにつながるので、むしろ国際分業を進めるべきだとする一方、海外の優秀な研究者・技術者については永住権を積極的に付与するなど、限定的な「移民政策」を提言している。

これらの政策提言が、結果して今日の「移民はいるけどいない」政策につながっているのは明白だろう。

筆者は、「外国人労働者の受け入れについての積極論と慎重論」について次のようにまとめている。

外国人労働者（移民を含む）の導入については、有識者の間でも積極論と慎重論があるのはいうまでもない、積極論の代表的なものは「地球規模経済のなかで、日本が生きていくためには、これまでの国籍法、入管法を抜本的に改正して、労働鎖国政策から労働解放政策に転換すべきだ（ただし、外国人に対する社会的資本の投資が必要）」という主張である。

これに対する慎重論は、「3K労働」に従事する国内労働者の不足や、不況期に限定して短期間の流入を認めたつもりが、家族の呼び寄せ、定住化などの移民連鎖が急速に進行し、国内労働者との生活格差が深刻化したドイツの例（労働者全体に占める外国人労働者の割合は2003年で日本が1・3％、ドイツが9・1％、フランスが6・1％）などから、外国人労働者を本格的に受け入れると後戻りができない。さらに言えば密輸などを含む犯罪が増加するだろうし、慣習の違いなどが原因で「日本固有の文化が破壊される」という反論である。

また、拙著では移民の受け入れについて、移民は難民と違って「国が受け入れる条件を自由に設定できる。難民の差別は許されないが、移民を選別することには問題はない。日本語が堪能で優秀な外国人を移民として受け入れればよい」

「そうすれば、これらの人々は日本に溶けこもうと一生懸命頑張るだろうから、一般的な日本人よりも日本文化や伝統に理解のある者たちばかりとなるだろう。何よりも異文化の創造的な人材の流入により、移民と（もともとの）国民が啓発しあって、社会的にも文化的にも向上することに寄与するのではないか」

「経過措置として、すぐには国民として認定せず、一定期間は準国民として扱い、適否を審査する機関を設ければ、日本に合わない移民も少なくなる。国際化が進めば日本に居住する外国人はさらに増えるのだから、移民受け入れに神経質になる必要はない」という賛成意見も付記している。

☆ブラジル人の「逆移民」

ところが、本格的な「移民政策はとらない」日本であるが、戦前は日本人移民の最大の受け入れ国であったブラジルから、20世紀末には大量の在ブラジル日本人・日系人が、日本に職を求めて永住帰国または移住する現象が起きた。事実上の「逆移民」である。２００８年末には31万２６８２人に達したが、近年は減少傾向に転じ、14年6月時点では59・４％減少し、18万５６４４人、15年6月時点ではさらに減って17万３０３８人となっている。

人就労を解禁する方向にある。しかし、このままでは冒頭に紹介した「移民はいるけどいない」現状は変わらない。制度的な矛盾を温存したままの外国人労働者の受け入れ拡大は、いずれ限界を迎えるのではないか、と筆者も思う。

２０１７年９月末時点での長期在留外国人の人口は２４７万１４５８人（住民基本台帳による）で、前年末より８万８６３６人（伸び率は３・７％）も増え、過去最高となった。現実を踏まえた外国人受け入れ政策（移民政策）を真剣に検討する必要があるのではなかろうか。

〈注〉

政府は2018年6月、外国人労働者受け入れ拡大に向けた新たな在留資格を19年4月に創設し、現行の医師や弁護士など高度な専門性のある職種に限定している規制を緩和し、幅広い労働分野で外国人の長期就労を可能とする方針（特定技能制度）を決めた。対象は人手不足が深刻化している農業・介護・建設・宿箔。造船などの14分野で19年4月の導入を目指すとした。

〈クンクン注〉河内山先生が発表のあてもないのに、この論文をまとめたのは2017年の2〜7月ごろだった。1年近くが過ぎた18年4月15日、「あの世」から見るともなしにテレビを見ていて驚いた。テレビ朝日の「ビートたけしのテレビタックル」という番組で、中国人による北海道の「土地爆買い」を取り上げ、中国出身で日本に帰化した評論家・石平氏らが、問題点を指摘していたのだ、正直なところ「今ごろなんだ。先生がとっくに論文に書いているよ」と言いたい。いや、ちょっと「よいしょ」が過ぎたかな。

おいらクンクンの「日本人のルーツと鬼と天狗論」

河内山先生の論文に刺激されて、おいらクンクンは、日本人がどのような方法で、どこから現在の日本に住みつき、独特の文化を育んできたのかを研究してみようと思いついた。

もちろん、おいらは考古学的な人類の歴史・文化については、まったくの「ド素人」である。犬族だから当然のことだ。でも、人間ならば100歳近く生きてきた長い経験から見て、立ち位置は感覚的に「移民賛成」なのである。なぜかというと、日本人（つまり大和民族）のルーツは、何万年かの昔、日本列島に大陸から渡ってきた北方民族や、海の潮流に乗ってきた南方民族が融合して、独特の文化を育み、大和民族となったものだと考えていたからだ。

単純に言えば、赤ら顔で鼻の高い天狗や鬼は、日本列島に「移民」したペルシャ人（現代のイランを中心とした地域に住んでいた）などであり、先住民族から見れば、その怪異な風貌から「鬼」と恐れられただけの話のではないか。結論として大和民族は幾つかの民族の混合体（多民族国家）だと信じているわけである。

しかし、そんないい加減な知識で「移民」問題を論ずるわけにはいかないので、付け焼刃ではあるが、日本人のルーツを勉強してみた。

すると、旧石器時代後の約1万6500年前、紀元前10世紀にわたる縄文時代に日本列島に住んでいたのが「縄文人」で、この時期は最終氷河期の最も寒い時期に当たり、氷河が堆積して海水面が低く、オホーツク海から北海道に歩いて渡ることが可能だったらしい。人種的には中国人（漢民族）でも朝鮮族でもない黄色人種（モンゴル人種）で、すでに絶滅した古モンゴロイド系といわれていることが分かった。

忘れてはならないのはアイヌ民族だ。古代、北海道、樺太、千島列島およびカムチャッカ半島南部にまたがる地域に居住していた民族で、母語としてアイヌ語を話すが文字を持たない狩猟民族であった。1855年の当時のロシアとの和親条約で大半が日本国民となった。4～5世紀に日本の国家として大和朝廷が形成されたが、北海道にはその主権が及ばず、北日本、東日本に依拠して統一国家の支配に抵抗し、支配の外に立ち続けた人たちは、なべて「蝦夷」という言葉で異民族扱いされていた。

旧石器時代の最も寒い氷河期にオホーツク海から北海道に歩いてやってきたアイヌ人のなかに、さらに足を伸ばして津軽海峡を渡り、東北地方に移住した人たちがいたであろうことは想像に難くない。しかし、大和朝廷から見た蝦夷が、すべてアイヌとはいえないだろう。文献によるとアイヌ人も縄文人に含まれるという説もある。残念なのは明治政府による強引な同化政策によって、アイヌ民族古来の文化が抹殺の危機にさらされたことだろう。

琉球民族は南方モンゴロイド系で、アイヌ人は北方モンゴロイド系との違いはあるが、日本本土に定着した、いわゆる大和民族（それでも南方系と北方系の違いがある）とは、ほとんど同じ民族だという。ただし、北方系大和民族と琉球民族、南方系大和民族とアイヌの場合はだいぶ違うようである。

俗に日本人の臀部（お尻）に生まれつきあり5～6歳で消える青あざ（蒙古班）が、黄色人種（モンゴル人種）の特徴のように言われているが、医学的には白人や黒人にもある場合があるらしい。日本人とモンゴル人が人種的に近いのは間違いではないが、蒙古班を論拠にするのは必ずしも正確とは言えないようである。

縄文人に次いで、紀元前5世紀中ごろに、大陸から北部九州に渡ってきたのが「弥生人」だ。それまでの縄文人は男が狩猟・漁労に従事し、女は採集活動をして生活する狩猟採集民族であったが、弥生人は水稲（水田による稲作）耕作技術を持っていたので、その生活体系が九州、四国、本州、さらには東北地方まで広がっていったと考えられている。

水田を作った人々は、弥生土器を作り、多くの場合、竪穴住居に住み、様々な道具を使うようになって、日本列島の各地に定着していったようである。一言でいえば弥生人が今の日本人のルーツといえるようだ。直近の情報（２０１８年4月18日、読売新聞）によると、縄文時代の後期（約４０００年前）には、漆や笹などの植物を使った木製品などが茨城県や埼玉県の遺跡から発見され、現代人の想像を超える高度な技術を持っていたことも明らかになっている。

なお。現代では、ほとんど口の端に上ることがないように思えるが、古代、九州地方には「熊襲《くまそ》」という氏族がいた。河内山先生が子供のころは、大和民族ではない恐ろしい集団のように教えられていたという。だが、おいらクンクンが真面目に調べてみると、肥後国球磨郡（現・熊本県人吉市周辺）の球磨川上流域から、大隅国曽於郡《そおぐん》（現・鹿児島県霧島市周辺）に居住していた部族だそうな。熊《クマ》は勇猛さを意味する美称だとの説もあり、文字どおり勇猛な部族だったのだろう。

古事記や日本書記には、5世紀（推定）ごろ、熊襲が反乱したため景行天皇が九州征伐に赴いたことや、天皇の皇子である日本武尊《やまとたけるのみこと》がクマソタケルを討った神話が有名。ともあれ5世紀ごろまでに大和朝廷に臣従し、「隼人」（律令制に基づく官職）として仕えたとの説もある。

ところが、ややこしいことに古代の薩摩・大隅・日向（現在の鹿児島県・宮崎県）には、大和朝廷側が「隼人《はやと》」と名づけた「はやぶさのような人」たちが居住していた。風俗習慣も異なる氏族で、しばしば大和政権に反抗した。西暦７２０年（養老4年）の大規模な「隼人の乱」が、征隼人将軍▼大伴旅人によって征討されて以後、完全に服従したといわれている。大陸からの渡来人の集団といえるだろう。現代でも「薩摩隼人」などの呼称が残っている。

☆日本に住んだ「鬼」と「天狗」についての考察

前出のように、おいらが天狗や鬼に擬したペルシャ人について言えば、奈良時代の歴史書「続日本記」に、天平8年（紀元734年）8月、唐から帰国した副遣唐使・中臣名代が「唐人3人、波斯人（ペルシャ人）1人を連れて面会。その後、ペルシャ人の李密翳《りみつえい》や、唐人で唐楽の演奏家の皇甫東朝《こうほとうちょう》らに位を授けたとの記載がある。李密翳がどのような人物であったかは不明。

さらに言えば、都市伝説として、ゴルゴダの丘で磔刑に処されたはずのイエス・キリストが、実はひそかに日本に渡り、みちのくの山村（茨城県磯原町、現・北茨城市）で長寿を全うし、遺書も発見されたという説があるかと思えば、青森県の新郷村にはイエス・キリストの墓と見られる墓があるという。イエスが日本に来ていたとする説の真偽はともかく、2000年の昔、日本列島にコーカソイド（白色人種）であるヘブライ人（ユダヤ教を信じるユダヤ人）が、何らかの方法で渡来していたと考えることはできよう。伝説としては、その「キリスト」も最後は「天狗」になっている。

また、日本神話（古事記および日本書紀）に、天孫降臨の際に、道案内として登場する猿田彦（または猿田毘古神）は、鼻の長さは7咫（しせき）、咫は8寸と言われているので56寸（約168cm）。背（そびら）の長さは7尺、尺は10寸なので70寸（約210cm）ということになる。そして目は八咫鏡《やたのかがみ》のように、また赤酸醤（あかかがち＝赤いほおずき）のように照り輝いていたと記述されている。学説としては「火山の爆発」とする説があるが、その異形な風貌から天狗の原形とする説もある。

それでは「天狗」とは何者なのか。その由来については流星説など諸説があるが、今日、一般的に伝えられているのが、鼻が高く（長く）、赤ら顔、山伏の装束に身を包み、一本歯の高下駄を履き羽団扇《はうちわ》を持って、自在に空を飛び悪巧みをする「人にて人にあらず、鳥にて鳥にあらず」という魔物である。

また、一般的に描かれている「鬼」は、頭に2本または1本の角が生え、頭髪は細かく縮れている。口には牙が生え、指には鋭い爪がある。虎の皮の「ふんどし」や腰布を着けていて、表面に突起のある金棒を持った大男である。

多くの場合、山に住んでいて、人に危害を加え、さらに人を食べてしまう存在と考えられていた。また、仏教で言う地獄の閻魔大王の配下で、亡者を苦しめる獄卒のイメージもあるので、

「恐ろしい者」「悪い者」として扱われているが、反対に「強い者」として崇めたり、「善なる者」として神社に祭ったりしている地域もある。
鬼として伝えられてはいるが、最も人間くさい鬼が、「酒呑童子」だ。丹波国の大江山、または山城国京都と丹波国の国境にある大枝（老の坂）に住んでいたとされる鬼の頭領、あるいは盗賊の頭目で、酒が好きだったので手下たちから「酒呑童子」「酒天童子」「朱点童子」などと呼ばれていたという。
伝説では、一条天皇（紀元986〜1011）の時代、京の若者や姫君が次々と神隠しにあった。安倍晴明に占わせたところ、大江山に住む鬼の酒呑童子の仕業とわかったので、帝（みかど＝天皇）は長徳元年（995年）に源頼光と藤原保昌羅を征伐に向かわせた。頼光らは旅の者を装って鬼の居城を訪ね、酒を酌み交わして話を聞いたところ、「最澄」が延暦寺を建立して以来、鬼たちの行き場がなくなり、嘉祥2年（849年）から大江山に住みついたという。

〈注〉 最澄は平安時代の僧で日本の天台宗の開祖。延暦7年（788年）に総本山として比叡山「延暦寺」を創建した。

頼光らは鬼に毒酒を飲ませて泥酔させると、寝込みを襲って鬼どもを成敗、酒呑童子の首級を持ち帰って京に凱旋した。首級は帝らが検分した後に、宇治の平等院に納められたとされている。このほかにも諸説があり、実在の人物で権力闘争に敗れた土着の有力者だったともいわれている。

☆神様になった「鬼」と「天狗」

このように見てくると、「天狗」や「鬼」は、もともとは宗教がらみの想像上の「生きもの」ではあるが、日本列島の古代人に伝えられた後は、山岳信仰と相まって「悪」のイメージから「強い」者に対する崇拝に変化し、最後は全国各地で「神」として祭られるようになったと考えられる。神様にならなかったのは酒呑童子だけだ。裏を返せば酒呑童子のような人物は実際に存在し、それこそが本物の「鬼」や「天狗」だと言えるのではないか。

時の権力に逆らったり、容姿異形なるが故に社会に受け入れられず、やむを得ず山にこもって山賊となった氏族が、時に人里に降りて乱暴を働き、食料を奪ったり婦女を誘拐したりしたのではないかと、おいらクンクンは考える。

また、紀元283年（応神14年）ごろ、日本に渡来した「秦人・秦氏」は、秦の始皇帝の末裔とも伝えられ、朝鮮半島の百済に逃れて建てた国の王の子孫で、日本に帰化した氏族であるとする説が有力だ。一言で言えば朝鮮系の渡来氏族である。一方、チベット系民族だという説もあるし、景教徒（キリスト教ネストリウス派）のユダヤ人だという説さえある。しかし、その出自はともかく渡来人（つまり移民）であることは間違いない。そして当時の日本の政治・経済に大きく貢献し、その末裔は全国各地に広がって「秦」「羽田」姓を残している。秦氏に限らず、同じように日本列島に渡来し、定着した人達は枚挙にいとまがないのではないか。

専門的な有識者から見れば、おいらの考察は極めて杜撰なものだろうが、それでも、現代の日本人（あえて言えば大和民族）は、様々な民族が融合して形成されたということに疑いはないのではないか。そういう前提に立って、おいらクンクンは現代の日本人でも、国籍を問わず異民族を「移民」として受け入れる土壌と言うか、包容力があるのではないかと主張したいのだ。

どうも寄り道の話が長くなって申し訳ない。なぜ移民問題などを持ち出したかというと、先にもふれたと思うが、日本人の高齢化が進み、総務省の調査によると２０１８年（平成29年）10月１日時点で、日本の総人口は１億２６７０万６千人（外国人を含む）で、そのうち65歳以上の高齢者は３５１５万２千人で全体の27・７％を占めている。高齢者にとって犬を飼育するのは大変な労力が必要になってきたらしい。とくに連れ合いと別れた独り暮らしのお年寄りには、毎日の散歩だけでも大変だろうと、おいらも思う。そこで考えたのが、日本人の高齢化を解消し、犬の飼育が十分にできる若者を増やすこと。それが移民受け入れだと短絡的に考えたからである。

「犬のくせに生意気な」とおっしゃる人間様もおられようが、日本での犬の飼育数を回復させたい一心で発言しているので、どうぞご理解願いたい。

「うなぎ母ちゃんが失踪」神隠しに

そのころというか、話は前後するが、おいらにとっては悲しい出来事があった。「うなぎ母ちゃん失踪事件」である。

東京都大田区の西馬込駅から墨田区の押上駅までを結ぶ都営地下鉄浅草線は、押上駅で京成押上線と接続している。その押上の次が曳船駅だ。この駅、今は高架化されて立派な駅舎になったが、2013年8月23日までは地上駅だった。

ちょっと話がくどくなるが、本来、京成電鉄のメイン路線は京成上野駅と千葉県成田市の成田空港駅を京成船橋駅経由で結ぶ京成本線だ。京成押上線は押上線と葛飾区の青砥駅を結ぶ路線をいう。だから曳船駅のことを話題にするのなら、京成押上線を先に説明するのが筋ではないかと疑念を持たれる読者も多かろう。それには、ちゃんとした理由がある。

まず、河内山先生が毎週金曜日になると、都営地下鉄浅草線の日本橋駅から京成押上線を利用して茜ママの店に通っているからである。先生が仕事をしている新聞社が日本橋「三越」の近くにあり、馬鹿の1つ憶えで京成押上線に乗ってくるらしいのである。地下鉄銀座線の三越前駅の構内をちょっと歩いて半蔵門線に乗れば、乗り換えなしに半蔵門線の曳船駅にいけるし、運賃も安上がりであることは知っているが、それでも半蔵門線には乗らないのである。つまらないことで意地をはる、頑固な一面があるのは、おいらクンクンに似ているのかな。

話のはじめに都営地下鉄浅草線をもってきたのには、もう1つ理由がある。スナック茜が開店して間もなく、「くぼたちゃん」または「くぼちん」と茜ママが呼んでいる仲間ができた。「くぼちん」が、おいらクンクンたちの仲間入りした由来は、今はペンディングとし、時の流れとともに、おいおい話すことにしたいが、その「くぼたちゃん」が、都営地下鉄のベテラン運転手さんだったのだ。

ところで、なぜ曳船駅について説明しているかというと、「うなぎ母ちゃん失踪事件」は、まだ駅舎が高架化される前、ターザン後藤さんと茜ママの奇妙な合宿屋敷に住んでいた時のことだからだ。京成押上線の地上踏切が徒歩10分くらいの地点にあった。合宿屋敷から踏切までには、地元に密着した飲み屋、中華料理屋、花屋などが点在していた。河内山先生もそのころは今より元気で、合宿屋敷で一夜を明かした時などは、踏み切りに近い中華料理屋で、ごっちゃんや茜ママと遅い朝食を摂ることが幾度かあった。踏み切りを渡って曳船駅の方向に歩いて10分くらい行くと明治通りに出る。そこにスナック茜があるというわけだった。

ある日の夕方、おいらクンクンと「うなぎ母ちゃん」は茜ママに連れられて散歩に出た。合宿屋敷からさほど離れていない狭い道路脇で、おいらは便意を催した。いつものことで茜ママは後始末をしてくれた。ことわっておくが、そのころはおいらも若かったから、晩年のような見さかいのない粗相はせず、散歩に出れば、お義理ではあるが排便はしたのである。

ところが、おいらにかまけて茜ママが一瞬目をそらした間に、母ちゃんが姿を消してしまったのだ。その時、リードをつけていたかどうか。茜ママは「記憶にない」らしいのだが、「うなぎっ、どこへ行ったの帰っておいで」と叫んでも、母ちゃんは「ワン」とも「クン」とも返事をしない。そのうち姿を見せるだろうと、おいらを抱きかかえて、のんびり周辺を探していた茜ママも時間が経つに連れて不安になった。

あいにくターザン後藤さんは不在。携帯電話で呼び出し、うなぎ母ちゃんの失踪を知らせると、「おっとり刀」で後藤さんも駆けつけたが、すでに日はとっぷり暮れていた。しかし、後藤さんと茜ママは、あの京成線の踏み切り近くまで、「うなぎ、うなぎ」と連呼しながら探しまわった。でも、必死の捜索も空しく、うなぎ母ちゃんは「神隠し」のように消えたのだった。近所の人が連れ去った形跡もなく·翌日以降、保健所に届け出たりしたが、発見の届出もなかったのである。

「神隠し」とは、一般に人間がある日、忽然と消えうせる現象のことをいう。神域である山や森で人が行方不明になったり、街や里からなんの前触れもなく失踪することを、神の仕業としてとらえた概念だそうだ。「天狗隠し」ともいうらしい。これとは別に「喪中の神棚を白い紙や布で覆う慣わし」を神隠しという説もある。ひとくちに「神隠し」といっても、行方不明者、迷子、失踪、家出、夜逃げ、誘拐、拉致、監禁、口減らし、殺害、事故によって身動きができない、などなど、要因は多岐にわたるようである。

「神隠し」を扱った小説など文芸作品も数多くあるが、近年では宮崎駿監督のアニメ作品「千と千尋の神隠し」が、広く話題を呼んだ。

俗に猫や犬が死期を悟ると、飼い主から姿を消すといわれている。動物の本能で病気などで体が弱ると、敵に襲われないように物陰でじっとしている習性があり、犬や猫が姿を隠すのはその名残りだとも。うなぎ母ちゃんもそうだったのだろうか。まだまだ元気そうに見えたのだが。

「うなぎ母ちゃん」の話がでると、ターザン後藤さんや茜ママ、ちいママの「れいな」はもちろん、10年以上も前から河内山先生を知っているお客さんは、本物の「うなぎ」料理店で、日本酒の熱燗1合を飲みながら、特上、ではない上の「うな重」を食べた後の、老女と先生のエッチな話を思いだして悦に入るのだ。

この話は、先生自身が２０１３年7月に、「幻想ブルース」（東洋出版刊）という本を出版。その中で詳しく述べているので、いまさら、おいらクンクンが紹介するまでもない。先生が友人・知人の酒の肴にされ、からかわれようと、自業自得というもので、同情の余地はまったくないのである。

ところで、茜ママのカラオケ・スナック「茜」は、開業して2年も経たないうちに、経営は順調に推移し、近隣からはいうまでもなく、河内山先生のように遠路はるばる足を運んでくれる常連客、とくにカラオケ好きの若者たちの憩いの場となっていた。

そのころだったと思う。茜ママは京成押上線の八広駅（曳船の次の駅）から徒歩5分の7階建てマンションに引っ越していた。それまでの合宿所は解散して、単身ではなく、おいらクンクンも同居することになったのである。ターザン後藤さんはどうしたのか。その間の事情は知らされなかったので、すぐには理解できなかったが、ごっちゃんには、ごっちゃんの事情があったらしい。しばらくして、茜ママのマンションと、それほど遠くないところにあるマンションに移ったことがわかった。わかりやすくいえば、押上駅の近くにある老舗のラーメン店「太楼《たろう》ラーメン」のママ、好江さんと再婚していたのだ。

茜ママは、新しいマンションからスナック「茜」にご出勤という生活を始めていた。しかし、おいらクンクンは少しずつ老いが進んでいたので、店に挨拶にいくこともかなわず、正直な話、もっぱら留守番の寂しさに耐え忍んでいた。

前にお話したように排便機能の劣化はとまらず、そのころは下痢症状に変化していたため、オムツを穿かされるはめになっていた。老犬の下痢症状については、獣医師によるといろいろ原因があるが、河内山先生がクンクンの場合は「ストレス」からではないかと診断していた。「食事が少なかったり、飼い主とのスキンシップが足りなかったり、お留守番が多かったり、ペットホテルに預けられたりすると老犬はストレスを感じる」というのである。先生は「認知症ではないの」と疑っていた。犬も認知症を患うことがあるらしいが、おいらは「絶対、認知症ではない」と思っている。気はたしかなのだ。

茜ママによると「クンクンは食欲があるので元気だと思っているが、なにせ、食べるとすぐ、お漏らしをするので大変」なので、やむを得ずオムツを穿かされているわけだ。そのオムツは河内山先生が曳船駅近くのイトーヨーカドーで買ってくるらしい。先生には感謝するが、人間のオムツのように完全に排泄物を防御することはできない。犬には尻尾というものがある。どうしても隙間から漏れ出すことになる。

認知症ではないが悩みはもう1つあった。

目が見えなくなったのである。これも人間と同じ白内障という病気なのだそうな。その症状は、「物にぶつかる、動くものを目で追わない、飼い主と目を合さない、散歩に行きたがらない、階段や段差を怖がる、見えない不安から攻撃的になる、表情が乏しくなる」などである。このうちの幾つかは該当するのだが、マンションといっても、いわゆるワンルーム形式だから、室内は広いとはいえない、だから目が見えなくても、おおよその間取りは頭に入っているので、壁などにぶつかりながらも、日常の生活にさほど不自由は感じていなかった。

（七）

河内山先生という人は、おいらクンクンのような常識人（いや間違えた。まともな犬）には理解できない側面がある。先生が記者として働いている業界紙にとって、ほとんど関係のない論文のような解説記事を、せっせと書き溜めていることだ。「日本の移民政策論」もそうだが、次に紹介する「ドナルド・トランプと安倍晋三」もそうだ。1文もならない原稿（つい江戸時代のお金にしてしまった。現代なら1円というところだ）を書いて自己満足しているのだろうか。可愛そうだから、おいらが発表の機会を提供することにした。

ドナルド・トランプと安倍晋三
～米国モンロー主義の復活～

文責・河内山典隆

２０１７年1月20日、米国の新大統領に共和党のドナルド・トランプ氏就任した。世界を驚かせたトランプ・ショックが一転。トランプ効果（景気）で為替相場は円安・ドル高にふれ。円は前年12月12日時点で１ドル＝１１５円台をつけ、東京株式市場で日経平均株価は、１万９０００円台まで回復した。さらに米国のＦＲＢ（連邦準備制度理事会）が12月14日、１年ぶりに利上げを決定したことも背景にドル高が定着。同年末の円相場は１ドル＝１１７円、株価は１万９４００円をつけた。

しかし、大手メディアが実施した主要企業１００社を対象にした景気アンケートでは、国内景気の現状を「足踏み状態にある」と見る企業が６割。平成28年度末の見通しも過半数が「ほとんど変化はない」と回答。アベノミクスを「評価できる」とする企業も減った。新たな年の日本経済（アベノミクス）の行方が注目されている。

☆トランプ・ショックとモンロー主義

思えば２０１６年の米国大統領選挙は、エスタブリッシュメント（既成の権力構造・既得権益層）を基盤とするヒラリー・クリントン氏と、当初は泡沫候補と目されたトランプ氏との「嫌われ者同士」による史上最低レベルの大統領選挙と揶揄されたものだ。

しかし、蓋を開けてみると、日本を含む世界のメディアがクリントン優位と分析していたにもかかわらず。暴言を連発し「強いアメリカを取り戻す」と呼びかけ、米国第一主義を掲げるトランプが共和党の候補に浮上、本選挙の終盤には大接戦に持ち込んで勝利を手にした。クリントン優位説は突き詰めて言えば、世界の政治・経済の現状維持を志向するものと受け止められ、米国民の心の中でくすぶっていた「変革」への期待感にトランプが火をつけたといえそうだ。

それだけではなく、同時に行われた上下両院の議会選挙でも共和党が勝利し、２０１１年以降続いていた大統領の出身政党と議会の多数派政党が異なる「分割政府」も解消することになった。共和党内にも反トランプ勢力が存在するとの見方もあるが、トランプ大統領の政権運営にとってプラス要因であることは間違いあるまい。

トランプ氏は大統領就任前の２０１６年11月21日、日本やオバマ政権下の米国などが署名した環太平洋戦略的経済連携協定（ＴＰＰ）は、選挙戦の公約どおり「就任初日」に離脱し、代わりに公平な2国間貿易協定の交渉を進め、失われた雇用と産業を取り戻す考えを明らかにした。また、地球温暖化対策として同年11月に発効したパリ協定についても、「地球温暖化はまやかし」と疑問を呈していた。

こうした一連の動きから、19世紀を通じてアメリカの外交政策の基本とされたモンロー主義（孤立主義・保護主義）の復活ではないかと連想する向きも少なくないのではなかろうか。米国は第一次世界大戦への参戦で孤立主義を転換し、世界最初の国際機関である「国際連盟」を発足させた。しかし、その後再びモンロー主義の復活を唱える勢力が強まったため国際連盟には参加しなかった経緯がある。それでも、第二次世界大戦への参戦で国際協調路線に転換せざるを得ず。戦後は国際連合の安全保障理事国となって完全にモンロー主義を放棄し、今日にいたっている。

２０１６年11月20日に閉幕した南米ペルーでのアジア太平洋経済協力会議（ＡＰＥＣ）は、オバマ政権がＴＰＰの議会承認を事実上断念したことで、求心力を失い色あせて見えた。ＴＰＰは宙に浮いたままトランプ氏の大統領就任を迎えた。会議に参加した日本の安倍晋三首相は、「米国抜きのＴＰＰは意味がない。再交渉が不可能であると同様、根本的な利益のバランスが崩れてしまう」とし、トランプ氏の翻意を促す考えを示しているが、先行きは不透明だ。

ＴＰＰは、いわばグローバリズムの代名詞である。グローバリズムとは文脈によって異なる意味を持つが「１９９１年にソ連・東欧体制が崩壊した後、アメリカを中心として世界を１つの市場として共有・統合する動きが一気に加速し、さらに情報通信技術の高度化やインターネットの爆発的普及も加わって、経済・情報・文化のあらゆる領域での地球的規模の流動化を指す言葉」（百科事典マイペディアの解説）として定着している。

日本、カナダ、オーストラリア、ニュージーランド、メキシコ、ペルー、チリ、シンガポール、マレーシア、ベトナム、ブルネイの11か国か合意したＴＰＰ（発効には米国の承認が必要）から、政権交代を理由に一方的に離脱する行為は、前述した国際連盟に参加しなかった米国のモンロー主義を改めて想起させる事態と言えるだろう。

〈注〉

モンロー主義とは、米国の第5代大統領が年次教書で、ヨーロッパ諸国に対し、アメリカ大陸とヨーロッパ大陸間の相互不干渉など次の4項目を提唱したことを指す。

1、ヨーロッパ諸国の紛争に介入しない

2、南北アメリカに現存する植民地や属領を承認し、干渉しない

3、南北アメリカの植民地化を、これ以上望まない

4、現在、独立に向けた動きがある旧スペイン領に対して干渉することは、アメリカ

の平和に対する脅威とみなす

トランプ氏が進めようとしている2国間貿易交渉のターゲットは、主として中国を指すと見られるが、一方の中国は米国抜きの東アジア地域包括的経済連携（ＲＣＥＰ）の主導権確保に意欲を示しているといわれ、トランプ氏を巡る関係諸国の模索が続いている。それでもニューヨーク株式市場のダウ工業株平均は、終値で史上初めて1万9０００ドルの大台を超えた。

☆信頼関係構築の日米首脳会談

閑話休題。戦後の日米関係を象徴するような冗談話として、「自民党は米国・共和党の東京事務所」と言われた時期があった。それほどに共和党は親日的であり、政治家の人脈も豊富だったということのようだ。

歴史をふりかえると、日米戦争開戦当時の米国大統領は民主党のフランクリン・ルーズベルトだった（謀略を行使して日本を戦争に巻き込んだという説もある）。また、彼の急死によって副大統領から昇格したハリー・Ｓ・トルーマンは、日本のリーダーたちが降伏の準備をしていたにもかかわらず、昭和20年8月6日、原子爆弾投下という「悪魔の決断」を下した。後に民主党の大統領となったジョン・Ｆ・ケネディは、就任演説で「国が諸君のために何ができるかを問うのではなく、諸君が国のために何ができるかを問うてほしい」と呼びかけて話題となったが、遊説中に悲劇的な死を遂げた人物として印象深い。しかし、この時、副大統領だったリンドン・ジョンソンが大統領に昇格。当時、泥沼化していたベトナム戦争に本格的に軍事介入するなど、多くの日本人にとって、民主党の大統領は親近感が薄いのではないだろうか。

それでは共和党の大統領と自民党の関係はどうか。安倍首相はトランプ氏が次期大統領に決定した直後、他国に先んじて非公式ではあるが会談を実現し、トップ同士による「信頼関係構築」に意欲を示した。日本のメディアは過去の日米首脳による「岸信介とアイゼンハワー」「中曽根康弘とレーガン」「小泉純一郎とブッシュ」の親密な関係構築を紹介したが、改めて報道するまでもなく広く知られた話だ。

昭和35年（1960年）1月、総理大臣として渡米した岸はドワイト・D・アイゼンハワー大統領と会談し、新安保条約の調印と訪日について合意したが、その際、ゴルフを楽しんで友好を深めた。

中曽根は昭和57年（1982年）から62年まで総理大臣を務め、国鉄・電々公社・専売公社の民営化を実現したが、ロナルド・レーガン大統領とは「ロン・ヤス」と呼び合う信頼関係を構築し、日米安保体制の強化を図った。

「自民党をぶっ壊す」と叫んで平成13年（2001年）4月に総理大臣になった小泉は、

２００６年に米国を公式訪問し、ジョージ・ブッシュ大統領から国賓扱いの待遇を受けた。二人でキャッチボールをしたりして緊密ぶりをアピールしたものだ。「聖域なき構造改革」の旗を掲げ郵政３事業の民営化を実現。ブッシュ政権のイラクへの軍事介入を支持したほか、靖国神社参拝を強行するなど、話題の多い総理だった。

このように自民党とアメリカの共和党は、もともと保守的な色彩が強い政党だけに、ウマが合うというか交渉しやすい関係にあると言っても過言ではない。トランプ新大統領は、選挙中の型破りの言動や、これまでに政治経験がないことなどから、伝統的な共和党の政治家とは同列に論じられないとの見方もあるだろうが、大枠として共和党員であることに変わりはない。

２０１６年10月に、自民党が総裁任期を２期６年から３期９年に延長することを決めたことで、安倍首相は２０２０年の東京オリンピック・パラリンピックを首相として迎えることになる。ということは道半ばとするアベノミクス（経済成長戦略）に腰を据えて取り組むことが可能になっただけではなく、悲願とする憲法改正も視野に、「安倍１強政治」が続くと見られている。

安倍首相としては、トランプ大統領との信頼関係の構築によって、先人が実践したような「良好な日米関係」をより発展させたいとの思惑が見てとれよう。

しかし、前述したようにトランプ氏は、いともあっさりとTPP離脱を表明するなど、一筋縄ではいかない、したたかな戦略家といえそうだ。

トランプ氏の掲げる経済政策「トランプノミクス」は、大型減税やインフラ投資拡大と言われており、前述したロナルド・レーガン元大統領による経済政策「レーガノミクス」に似ているとの見方がある。どちらも「強いアメリカ」を作り上げようとする共通点がある。レーガノミクスは米ドルの独歩高を招き、ドル高是正のための「プラサ合意」によって、日本がバブル景気に突入する引き金になったことを指摘し、警戒する声もあるようだ。

一方、ロシアのウラジーミル・プーチン大統領が同年末の15日に来日し、安倍首相の地元である山口県長門市で日ロ平和条約の締結（北方領土返還問題のの解決）をめぐる大詰めの交渉に入った。

翌16日の共同記者会見で、安倍首相は「北方4島での共同経済活動の実現に向け協議を始めることで合意した」とし、これが「平和条約締結交渉に向けた第1歩となる」と強調。プーチン大統領は「一番重要なのは平和条約の締結だ」とする一方、「信頼関係醸成には時間がかかる」との認識を示した。今回の首脳会談については、領土問題の進展に期待していた人々にとっては失望感が強く、安倍首相はプーチン大統領に手玉にとられたと評する向きもある。いずれにしても一朝一夕に領土問題が進展するとは考えられず、忍耐強く交渉するしかあるまい。

☆独裁色の濃い実力政治家

これより先、２０１６年６月30日にフィリピンの第10代大統領に就任したロドリゴ・ドゥテルテ氏は、超法規的取り締りで麻薬犯罪容疑者２０００人を殺害した。それだけではなく「米国にさよならを言う時が来た」など過激な発言で、「フィリピンのトランプ」と揶揄されている。

トランプとドゥテルテに共通しているのは、いわゆる民主主義国でありながら、戦後の国連に代表される国際協調バランスにとらわれない自国優先主義者で、しかも極めて個性的な性格の持ち主であること。外見的には独裁的な政治家という印象が強いことだ。

独裁色の濃い政治家と言えば、現代ではロシアのプーチン大統領が筆頭格ではなかろうか。独裁者あるいは独裁国家の定義は諸説があるが、ここでいう独裁色の強い政治家とは、かつてのナチス・ドイツのアドルフ・ヒトラー、ソ連時代のヨシフ・スターリン、カンボジアのポル・ポトなど非人道的な抑圧政治を行った人物を指すのではなくて、形式的には公平で民主的な手続き（選挙）によって政権を握り、強大な権力を維持・行使している政治家をイメージしている。

その意味では、1975年から90年まで首相を務め「鉄の女」と言われたイギリスのマーガレット・サッチャーがそうであろう。現代では、難民問題で揺れるドイツのキリスト教民主同盟（CDU・CSU）の党首で、2005年から連邦共和国首相の座にあるアンゲラ・メルケルもその一人だ。

〈注〉第4次政権をめぐって政治的空白が続いていたが、2018年4月、社会民主党（SPD）との連立に合意。ドイツは一定の政治的安定を回復した。

やや異色ではあるが、トルコ共和国の首相を2003年から14年まで務め、現在は大統領として君臨しているレジェップ・タイイップ・エルドアンも独裁色の強い政治家の範疇に入れてもよいのではないか。

〈注〉中国や北朝鮮のような1党独裁国家や、中東の王族国家の指導者は対象外とする。ただし、昨年11月に死去したキューバのフィデル・カストロ議長は必ずしも同列には論じられないと考えたい。なお、ドイツのアドルフ・ヒトラーは国家社会主義ドイツ労働者党の党首として、選挙に勝って首相に就任（その後、国家元首となり総統を名乗った）している。合法的に選ばれたが、やがて独裁者に変質した人物であることを付記する。

☆安倍首相に対する内外の評価

そこで問題は、日本の安倍晋三首相をどう見るかである。安倍は前述した岸信介（元首相）を祖父に、安倍晋太郎（元外務大臣）を父とし、大叔父が佐藤栄作（元首相）という、保守政治家としての毛並みは抜群と言えるだろう。外務大臣（父）秘書官を経て衆議院議員となり、内閣官房副長官、自民党幹事長、内閣官房長官を歴任。平成18年（２００６年）9月、戦後最年少の52歳で自民党総裁、内閣総理大臣に就任したが、翌年の参議院選挙での敗北と体調の悪化を理由に退任し、「無責任な政権投げ出し」と世論の批判を浴びた。

しかし、挫折を乗り越えて平成24年9月に自民党総裁に返り咲き、民主党から政権を奪還して同年12月に内閣総理大臣に再就任した。以来、経済成長戦略「アベノミクス」３本の矢を打ち出して、リーマン・ショックによって久しく続いた不況からの脱出を果したのは記憶に新しい。大胆な金融緩和や財政出動によって円安・株高を招き、主要企業の業績は回復したのだ。

ところが反面、日米同盟の強化（例えば集団的自衛権の行使を認める安全保障関連法改正によるＰＫＯに参加する自衛隊の駆けつけ警護など）を進め、憲法改正にも強い意欲を示していることから、超タカ派の政治家として毛嫌いする人も多いのである。特に現行憲法を「不磨の大典」として改正に反対する平和主義者、戦後の進歩的文化人の流れをくむ左翼教条主義グループにとっては、いわば「不倶戴天の敵」のような存在となっている。

前述したようにアベノミクスの限界説が囁かれる昨今の安倍だが、２０１６年12月に満４年が経過した現政権に、第１次政権を加えた首相在職日数が１８０７日となり、中曽根康弘元首相を抜いて戦後歴代４位となった。さらに新天皇の即位によって元号が「令和」となった２０１９年６月７日には２７２１日となって、伊藤博文の２７２０日を超えて歴代３位となった。２０１７年３月の自民党大会で総裁任期が３期９年に延長され、戦前の桂太郎元首相（２８８６日）を抜いて歴代最長となる可能性が出てきた。なお、現時点での歴代２位は佐藤栄作の２７９６日である。

☆懸念されるポピュリズム政治の蔓延

ところでトランプ・ショックに引っかけて、なぜ独裁色の強い国家リーダーを列挙したのはなぜか。その理由を述べてみたい。

トランプ氏が米国の次期大統領に就任することが決定した直後２０１６年12月。イタリアでは社会の分断を背景に、欧州連合（ＥＵ）重視の姿勢をとるレンツィ首相が進退をかけた憲法改正が国民投票で否決され、同月４日に辞意を表明した。

また、同じ４日に行われたオーストリアの大統領選の決戦投票では「緑の党」のファンダーベレン氏が、右翼・自由党のホファー氏に辛勝。リベラル派が右翼の大統領誕生を阻止したものの、既成政党の退潮が鮮明となった。

英国のＥＵ離脱決定に続く、こうした現象について、一般大衆の利益、願望、不安や恐れを利用して、大衆の支持のもとに、既存のエリート層による既得権益と対決しようとする「ポピュリズム」（大衆迎合主義）の蔓延として懸念、警戒する論調が目立ち始めた。

〈注〉　ポピュリズムは人民主義とも訳されるが、一般的には「政治に関して理性的に判断する知的な市民よりも、情緒や感情によって態度を決める大衆を重視し、その支持を求める手法、あるいはそうした大衆の基盤に立つ運動」政権を言う。しかし、ポピュリズムは諸刃の剣で、民主政治は常にポピュリズムに堕す危険性を持つとされる。

２０１７年早々には前年11月から始まっているフランス大統領選の決戦投票では右翼・国民戦線のルペン党首の進出が有力視されている。３月にはオランダで、秋には難民問題を抱えるドイツでも総選挙がある。

オランダではイスラム教への敵意をむき出しにする自由党が世論調査で支持率トップ。ドイツでは反ＥＵのＡｆＤ（ドイツのための選択肢）が、メルケル首相批判を展開し、初の連邦議会入りが確実視されている。欧州統合の中核各国でポピュリズムによる扇動的な右翼政党が勝てば、ＥＵ分裂の懸念が高まるのは必至だろう。

ポピュリズム政治は、ある意味では「何も決められない」衆愚政治ということもできる。こうした風潮に歯止めをかけるには、国民の不満を一定限度に抑え、明快な指針を示すことができる実力政治家、つまり独裁的色彩の濃いリーダー同士が、互いに信頼関係を構築し、事態を打開するしかないのではないか。

安倍首相は２０１６年末ぎりぎりの27日、米国のオバマ大統領とともに、１９４１年12月8日に米国との戦端を開いた真珠湾（パールハーバー）を訪れ、犠牲者（１１７７名）を慰霊した。

日米の首脳がそろって真珠湾を訪れるのは開戦後の75年間で初めてのこと。日本海軍艦載機の攻撃を受けて沈没した戦艦「アリゾナ」（基準排水量2万３１００トン、乗組み定員は士官・兵員９１５名、１９１３年に超弩級戦艦として建造された）の上に立つ「アリゾナ記念館」で献花し、黙祷した後、海に向かって花を撒き、犠牲者を悼んだ。その後の演説で安倍首相は、二度と戦争を繰り返さない決意を表明するとともに、戦後に強固な同盟を築いた日米の「和解の力」を国際社会に向けて発信した。

安倍首相が本年以降、米国のトランプ新大統領やロシアのプーチン大統領をはじめとする実力政治家と、肩を並べる存在感を発揮できるかどうかに注目したいところだ。


〈注1〉

米国のトランプ新大統領は2017年1月20日の就任式後に主要政策を発表。アメリカの国益を最優先する「アメリカ・ファースト」（米国第一主義）を政権の外交・経済の主軸に据え、環太平洋経済連携協定（TPP）の離脱表明や医療保険制度改革（オバマケア）の撤廃に向けた大統領令に署名。さらには北米自由貿易協定（NAFTA）の再交渉求める方針を示し、カナダとメキシコが交渉を拒めば離脱する可能性を示唆するなど、オバマ前政権が積み重ねた「レガシー」（政治的遺産）を次々と撤回した。さらには中東・アフリカの7か国の国民や難民の入国を一時停止するなど、国際的に批判の声が高まっている。


〈注2〉

オランダの総選挙は3月15日、投開票され、ルッテ首相率いる新EU（欧州連合）の中道右派・自由民主党が第1党の座を守った。台風の目となっていた右翼・自由党（PVV）は第2党にとどまった。安定を求める有権者意識が最終局面で働いたと見られている。

〈注3〉フランス大統領選挙（決選投票）は、5月7日の最終集計で、親EUのエマニュエル・マクロン前経済相（39）の得票率は66・10％で、反EUを掲げた右翼・国民戦線のマリーヌ・ルペン氏（48）の33・90％を引き離して勝利し、史上最年少の大統領に就任した。

〈注4〉9月に総選挙があるドイツで、最大の人口を抱える西部ノルトラインウェストファーレン州の州議会選挙が5月14日に行われ、メルケル首相率いるキリスト教民主同盟（CDU）がライバルの州与党・社会民主党（SPD）を破り、今年あった3つの州議会選挙で3連勝。総選挙の勝利とメルケル氏の首相4選に向けて大きく弾みをつけた。

〈注5〉トランプ米大統領は6月1日、地球温暖化対策の国際的枠組みである「パリ協定」からの離脱を表明した。

〈注6〉安倍政権の支持率が2017年に入って、加計学園の獣医学部設置問題および森友学園を巡る問題への対応、稲田防衛大臣の度重なる問題発言、さらには自民党国会議員の不祥事続発などで一時は30％台まで急落した。同年10月の第3次内閣改造で、ようやく支持率低下に歯止めを掛けたが、2018年9月の総裁選挙での3選に黄信号がともった感もある。

〈注7〉

環太平洋パートナーシップ協定（TPP）は、米国の離脱後、米国を除く11か国が協定発効について合意し、2018年3月8日に署名。19年2月にも発効が予定されている。11か国5億人の国内総生産合計は世界経済のほぼ13％を占める。

☆トランプ政権の変貌

「幽霊の正体見たり枯れ尾花」ではないが、大統領に就任して1年にも満たないのに、トランプ氏の正体というか、本性が明るみに晒されつつある。それは本稿の冒頭で述べた米国モンロー主義の復活とは、やや次元の異なる、単純なポピュリズムによる「アメリカ・ファースト」に過ぎないらしいのである。というよりも、大統領選挙戦で黒幕的役割を果たし、政権発足後はホワイトハウスの主席戦略官となって「陰の大統領」とも言われたスティーブン・バノン氏の思想に共鳴し、その受け売りだった可能性が高いからである。

湯浅博・産経新聞東京特派員によると、バノン氏の一貫した考えは、「国外の厄介事から一切手を引き、北米の大きな島国に閉じ篭ることであった。国境に壁をつくり、資金の流失を防ぎ、海外投資の逆流で国力の回復をはかる」ということ。バノン氏は「米国が自滅を避けるまでに残された時間は少ない」との終末論的な思考の持ち主であると断じている。

ところが8月に入って、そのバノン氏をトランプ大統領は解任せざるを得ない事態に追い込まれた。引き金は政権内でティラーソン国務長官やマティス国防長官らの国際的リアリズムが主導権を握るようになり、中国や北朝鮮政策をめぐって対立が激化。そのため、その言動も「政権内の同僚のことごとく中傷する」に至ったため、彼を支えるケリー主席補佐官らが、トランプ大統領に解任を助言したのだという。

こうしたトランプ氏に追い討ちを掛けたのが、バージニア州シャーロッツビルで、8月12日に起きた白人至上主義者など極右集団と反対派が衝突、女性が死亡した事件に絡み、人種差別を容認するかのような発言をし、後に訂正したことだ。しかし、トランプ氏の本心は白人優先主義を支持しているように見える。事のついでに調べてみるとドナルド・トランプ氏の先祖はドイツ人でアメリカに移民として移り住んだ。つまり氏はドイツ系アメリカ人3世ということになる。

トランプ氏は大統領に就任直後の2017年1月25日、移民および国境政策に関する2つの大統領令に署名(連邦裁判所が違法だとして差し止め命令)して話題を呼んだ。これが前述したバノン氏の発想によるものかどうかは不明だが、トランプ氏には、白人の移民は良いが、ヒスパニック系やアラブ系の移民は良くないという偏見があるようにも思える。

ともあれ、トランプ大統領が掲げる「アメリカ、ファースト」政策をめぐって、州政府や自治体（市）が政権に反旗を翻す動きが目立ってきた。地球温暖化対策の国際的枠組み「パリ協定」離脱への反発がその典型的な例で、企業や大学を巻き込んだ政府を介さない独自外交が展開される可能性があると報じられている。

他方、連続したミサイル発射、6度目の核爆発実験（水素爆弾とみらる）など、挑発を続ける北朝鮮への対応も、２０１７年8月末時点では混迷の度を深めており、情勢は危機的状況にあると言っても過言ではない。トランプ政権の先行きは極めて不透明だ。

〈クンクン注〉河内山先生がこの論文をまとめた後、２０ｌ８年に入って北朝鮮をめぐる国際情勢は劇的に変化しました。

この項の締めくくりとして、２０１７年5月、韓国大統領に北朝鮮との融和政策を掲げる文在寅氏が就任、18年2月の平昌冬季オリンピックに参加した北の変身など、紆余曲折を経て、同年6月12日、歴史的な米朝首脳会談（米国・トランプ大統領と北朝鮮・金正恩国務が委員長）が行われ、公表された共同声明を付記しておくにとどめる。

【共同声明】

アメリカ合衆国大統領ドナルド・トランプと朝鮮民主主義人民共和国の金正恩国務委員長は、史上初の首脳会談を２０１８年6月12日、シンガポールで開催した。

トランプ大統領と金正恩委員長は、新たな米朝関係や朝鮮半島での恒久的で安定的な平和体制を構築するため、包括的かつ誠実な意見交換を行った。トランプ大統領は朝鮮民主主義人民共和国に体制の保証を与えると約束し、金正恩委員長は朝鮮半島の完全非核化に向けた断固とした揺るぎない決意を確認した。

新たな米朝関係の構築は、朝鮮半島と世界の平和と繁栄に寄与すると信じるとともに、相互の信頼醸成によって、朝鮮半島の非核化を促進すると認識し、トランプ大統領と金正恩委員長は次のように宣言する。

(1)アメリカ合衆国と朝鮮民主主義人民共和国は、平和と繁栄を求める両国民の希望に基づき、新たな米朝関係の構築に取り組む。

(2)アメリカ合衆国と朝鮮民主主義人民共和国は、朝鮮半島での恒久的で安定的な平和体制の構築に向け、協力する。

(3)２０１８年４月27日の「板門店宣言」を再確認し、朝鮮民主主義人民共和国は朝鮮半島の完全な非核化に向け取り組む。

(4)アメリカ合衆国と朝鮮民主主義人民共和国は、朝鮮戦争の捕虜・行方不明兵の遺骨回収、既に身元が判明している遺体の帰還に取り組む。

トランプ大統領と金正恩委員長は、史上初の米朝首脳会談が、両国の数十年にわたる緊張と敵対を乗り越える新たな未来を築く重要な出来事であったと認識し、この共同声明の内容を完全かつ迅速に履行することを約束した。

アメリカ合衆国と朝鮮民主主義人民共和国は、米朝首脳会談の成果を履行するため、ポンペオ国務長官と朝鮮民主主義人民共和国の高官の交渉を続けて可能な限り迅速に履行すると約束した。

トランプ大統領と金正恩委員長は、新たな米朝関係の発展と、朝鮮半島と世界の平和、繁栄、安全のために協力することを約束した。


〈クンクン注〉ここまで延々とトランプ氏のことを書き綴っていた河内山先生は、「もうやーめた。あほくさ」とぼやいてペンを投げ捨ててしまった。このあとの米国と北朝鮮の問題を記事にするつもりはないらしい。

（八）

これまで、おいらクンクンは、茜ママとターザン後藤さん、そして河内山先生の、とりとめのない話を重ねてきたが、おいらが出会ったころの河内山先生は、プロレスにはほとんど興味はなかったらしい。あの伝説的な力道山がシャープ兄弟と戦い空手チョップで倒すシーンは、1953年（昭和28年）に始まった街頭テレビ放送で見たような、あるいは映画館のニュース映画で見たのか。記憶も定かではないようなのである。昭和28年といえば先生は大学を卒業したばかりで、世知辛い東京で生きていくのが精一杯。しょせん別世界の出来事だったと、おいらは思う。

それがなんと、後藤さんのプロレス興行がある度に、応援団として狩り出されているうちに、スーパーFMW傘下「下町プロレス」のコミッショナーに祭り上げられ、挙句の果ては、リングに上がって恥をさらしたことさえあるのだ。「人生は長生きしていると、思っても見ないことが起こるものだ」と、ぼやいていたが、内心は結構楽しんでいたようでもある。

おいらクンクンは「先生、あまり気にすることはないよ」とアドバイスしておこう。

ターザン後藤のスーパーＦＭＷと茜ママのことども

閑話休題。ターザン後藤さんのスーパーＦＭＷ（嶋田会長）が発足したのは２００９年だが、２０１４年以降のプロレス興行の会場に設けられた、ちょっとした飲み物や焼きそばなどを販売する屋台で、大いに活躍する中年のカップルが現われた、「クボちん、またはクボちゃん」こと久保田さんと照代ママである。久保田さんが都営地下鉄のベテラン運転手であることは、すでに紹介したと思う。

ただし、照代ママについて、おいらクンクンはまったく知識がない。茜ママ情報によると、詳しくは知らないが、浅草周辺のどこかで、小料理屋さんというか、スナックというのか、いわゆる「飲み屋」さんを経営していたが、思わぬ病魔に犯され、引退して曳船のとあるマンションで久保田さんと生活を共にしていたらしい。偶然ではあろうが、ある日の夜、照代ママが独りで近くの焼きとり屋で飲んでいたところ、偶然にもターザン後藤さんがやってきて知り合ったらしい。その後くぼちんと二人づれでカラオケ・スナック「茜」に客として訪れたのが、河内山先生たちとの出会いのはじまりだった。

クボちんがプロレスラー・ターザン後藤のファンだったのか、演歌歌手・茜ちよみのファンだったのかは知らない。照代ママの「思わぬ病魔」は咽喉癌で、手術後はまったく声が出ない。会話はすべて筆談用ボード（カーボン紙による）を使わなければならない気の毒な女性だった。

おっと失礼。おいらはスーパーＦＭＷの嶋田会長を紹介するのを忘れていた。嶋田会長は河内山先生が銀座のクラブ茜で、中国人の若い女性「愛してるぅ」と、うろちょろしていたころの先輩客で、年齢は先生よりふた回りも若いのに、けっこう金回りはよさそうだった。今は自立して会社の社長だという。器用で、周囲の人への気配りもよく、何時の間にかプロレス団体の会長を立派に務めているのには、おいらクンクンもかげながら敬意を抱いている。


ちょうどそのころ、茜ママのヒット曲「そんな街、北上」の、岩手県北上市へ旅行する話が持ち上がっていた。北上市は「平成の大合併」に先駆けて１９９１年（平成３年）に、旧北上市が近隣の１町１村と対等合併し、産業集積都市として発展し今日にいたっているが、平成の大合併のモデルケースとして知られている。

新市発足後の平成11年４月から３期12年にわたって市長を務めた伊藤彬さんは、地元の素封家で、民間の大手企業に勤めた後、市長に就任（いうまでもないが選挙で当選）。住民参加の地域計画を立案したり、行財政緊急プロジェクトを進めるなど北上市の発展に大きく貢献したと、おいらクンクンは茜ママから聞いていた。北上工業団地の岩手東芝工場内に投資額1兆円規模の新工場を誘致したのも伊藤市長だという。中央官庁のお役人も、「一目も二目も置く人物」だったようだ。だから上京して銀座の「茜」に立ち寄ることが多かったのだろう。

茜ママと北上市との出会いは、ママの持ち歌を作詞したのが、北上市出身の折笠英夫という人で、銀座のクラブ「茜」の常連客だったからである。折笠さんは当然、伊藤市長とも昵懇だったから、上京の折に触れて「茜」に顔を出していたのはいうまでもない。折笠さんは平成11年ごろから東京で活動している「北上ふるさとの会」の会長（現在は名誉会長）をしていたようである。おいらクンクンは逢ったことがないので、人柄についてはなんとも評しようがないが、茜ママはもとより、ターザン後藤さんも、何かにつけてお世話になっていたらしい。

ともかく「そんな街、北上」と、もう1つ「和泉式部〜鬼の舞」は、いずれも北上を舞台にした演歌だから、茜ママは発売と同時に大々的な「ご当地ソング」キャンペーンのため、およそ1年の間、北上市に張り付いていた。だから、先ほど紹介した伊藤市長、中村さん（ご当地産業界の実力者）をはじめ、小料理屋、スナックなど、「夜の街で茜ママを知らない人はいないと言ってもよいほどだった」と聞いている。この北上キャンペーンにはターザン後藤さんも協力、おいらクンクンも新幹線に乗って同行したものだ。ただし、河内山先生はおいらが北上に行ったことを知らないらしい。そのころは先ほど話した中国人女性と親交があり、茜ママの北上キャンペーンも知らなかったのだから。

あっ、もうひとり忘れてはならないのが伊藤市長が上京するたびに、秘書役というか護衛兵よろしくお供していた若い八重樫さんだ。当時は北上市役所の東京出張所に勤務していたらしい。この人がまた、お役人らしくない気さくな人柄で、伊東市長とは名コンビだった、と河内山先生はいう。この北上市訪問では、伊藤市長の奥様まで同席して望外の大歓迎を受けたらしい。

ともあれ、くぼたちゃんと照代ママも同行した北上旅行は、茜ママのキャンペーン当時お世話になったが、病気で亡くなった前出の中村さんの墓参を兼ねたものだった。ターザン後藤さん、茜ママ、れいな、河内山先生の4人の旅行・第1回でもあった。旅行の前夜、スナック「茜」で、照代ママは、河内山先生に筆談用のボードを見せた。そこには「今度の旅行は私たちの新婚旅行」と書かれていた。その時の「照代ママの嬉しそうな、幸せそうな笑顔が忘れられない」と、先生は語っている。

この北上旅行から帰って1年後、照代ママは、天国へ旅立った。その後、後藤さんと再婚した「太楼ラーメン」の好江さんと、くぼたちゃんが加わり、親戚付き合いのような6人ファミリーとなったようだ。後藤さんの再婚話は、テレビの「新婚さん、いらっしゃい」で大々的に放送されたので、ご覧になった方も多かろう。

「和泉式部〜鬼の舞」の和泉式部は、平安時代中期の歌人で、小倉百人一首に「あらざらむこの世のほかの思い出に 今ひとたびの 逢うこともがな」と詠んでいる。越前守・大江雅致の娘で、中古三十六歌仙、女房三十六歌仙の一人。詳しい経歴は割愛するが、あの紫式部が「和泉式部といふ人こそ、おもしろう書きかはしける。されど、和泉はけしからぬかたこそあれ」（書きかはしけるは、書き交わすの意）と評しているように、恋多き、かなり奔放な女性だったらしい。

それかあらぬか、和泉式部の墓や遺跡といわれるものが、全国各地に存在する。おいらクンクンが調べたところでは、まず岩手県北上市の和賀町堅川目というところが、出生地あるいは没地と伝えられ、墓所がある。ただし、ここが和泉式部「伝説」の北限とされているように確証があるわけではない。北上市以外に墓所伝説があるのは、兵庫県伊丹市、京都府亀岡市、山口県山陽小野田市。そのほかに、和泉式部の足跡が残されている遺跡や逸話も、福島県石川郡石川町、岐阜県可児郡御嵩町、三重県四日市市曾井町、大阪府堺市西区平岡町、同岸和田市などにあるという。

茜ママの「和泉式部〜鬼の舞」は、平安時代初期に蝦夷の軍事指導者だったとされるアテルイと、朝廷軍（坂上田村麻呂）との戦い伝説などから、前出の折笠英夫さんが作詞したものと聞いている。たとえば、このように。

♪人は　アテルイ　安倍王様か
身丈五尺に　緋縅からめ
判官殿が　夢に見た
静や　おだまき　白拍子
剣　剣悲しい鬼の舞

ま、和泉式部については、おいらがいくらがんばっても、しょせんは付け焼刃なので、このへんで打ち切りにしたい。

第1回の北上紀行から何年後だったか、多分2014年（平成26年）年の5月ごろだったと思う。ファミリー6人は、再び北上に旅行している。再会した前市長の伊藤さんはすでに第一線を退いて、すっかり好々爺の趣があった。

「人の世に楽しみ多し　しかれども酒なしにして何の楽しみ」（牧水）、「酒は憂いの玉箒」（漢詩より）という伊藤さんは、２０１５年（平成25年）９月、北上ロータリークラブでの日本酒にまつわる卓話（テーブルスピーチのこと）で、参考までに後期高齢者になってから賞味した吟醸酒のリスト（２１０８年３月７日現在で４５１メーカー）を配ったそうな。国内には約１１７４社の醸造元があるらしいが、うち半分近い吟醸酒を手に入れて飲んだというのだから、伊藤さんの酒好きは「半端ではない」（いや近頃の流行語で言えば「半端ない」かな）。

逆に八重樫さんは、「たくましく、あぶらの乗り切った中枢の公務員という感じであった」と、河内山先生は、おいらにそっと教えてくれた。

グレゴリオ聖歌と真言声明の共演

グレゴリオ聖歌は、おいらクンクンが調べたと言いたいところだが、河内山先生によると「グレゴリアン・チャント」ともいわれる。チャントとは一定のリズムと節を持った「祈りを捧げる様式を意味する」古代フランス語に由来する言葉で、日本語では一般に詠唱、唱和などと訳されているという。

２０１７年（平成29年）の暮れも迫った12月３日、「ターザン後藤・茜ちよみ」ファミリー

6人は、東京・渋谷のオーチャードホールで開催されたグレゴリオ聖歌と真言声明の共演を聴きに行った。おいらクンクンはいつものように寂しくお留守番をしていた。真言声明とは古代インドで始まったお経の音楽で、弘法大師が唐から持ち帰ったものだそうな。グレゴリオ聖歌のほうは、カトリックのミラノ大聖堂聖歌隊の歌う「ミラノに残る固有の単旋律聖歌」だという。

いわずもがなだが、真言宗は空海（弘法大師）によって9世紀（平安時代）の初期に拔かれた大乗仏教の1つ。空海が長安に渡り、青流龍寺で恵果から学んだ密教を基盤としている。総本山は京都の教王護国寺（東寺真言宗総本山）である。

「なぜ、グレゴリオ聖歌と真言宗のお経の共演コンサートを聴きに行ったのか」って、真言声明のリーダー格が、茜ママの実家である福岡の長栄寺法蔵院の住職さん（茜ママの甥っ子）だからである。ファミリーが協力するのは当然でしょう。そのうえ、河内山先生には格別の興味もあったらしい。実は先生はカトリックの洗礼を受けた、れっきとした信者なのだった。茜ママの周辺での先生を見る限り、おいらクンクンにとっては、びっくり仰天なのだが、先生は「いや、これでも信者のはしくれなのさ」とすずしい顔をしていたな。

河内山先生が調べたところによると、密教は、「俗世で生きるためにある教え」といってもいいらしい。まずは煩悩のままに生きることを慎む。かといって極端な禁忌や苦行は、必ずしも良いとは言えない。つまりは、要するに欲望を適度に節制し、心身を清らかに保ちながら自省し、他人を傷つけることはせず、常に自分を含めたすべての人が快適に暮らせることを念頭に置いて生きること。それが求道者のあるべき姿勢であり、「即身成仏」（この身体をもって仏になること）への道だと説いている。

この真言密教のお経とグレゴリオ聖歌という常識では考えられない共演は、河内山先生も初めて聴いたらしく、ひそかに感動するものがあったらしい。おいらクンクンも死ぬまでに一度は聴いてみたかったなあ。

（九）

この物語りの書き出しで話したように、おいらクンクンが東京・両国の回向院にはじめて行ったのは２０１８年（平成30年）の年明け1月6日だった。日本の暦でいうと平成30年の干《え》支《と》は戊《いぬ》なのだそうな、われら犬族にとっては「こいつは朝から縁起がいいや」といいたいところだった。

事のついでに、なぜ犬を「戌」というのか調べてみた。こむつかしい話は省略して結論だけをいうと、干支でいう十二支は古代の中国で年を数える数詞として用いられ、当時の王様が民衆に覚えさせようと、数詞を絵にしたのが始まりだそうだ。戌は干支の順番では11番目なので11を表現する字でもある。たとえば11月、草木が枯れ始め、冬を告げる時期なので、戌が当てはめられたという説がある。この字は一と矛《ほこ》を合わせた作字で、人が作物を収穫するという意味もある。また、戌（犬）はたくさん子供を生むので、安産の守り神としても知られている。犬は人間とは切っても切れない関係にあることがよく分かった。

ところで、縁起のよい年の初めに、わざわざお寺に行くことになった経緯を、この辺でお知らせすることにしたい。そうしなければ「吾輩はクンクンである」と題するこの物語りは、完結に向けて進展しないからである。

年明けの1月2日、ターザン後藤さんと茜ママを中心に親戚付き合いのような「ファミリィ」である6人が新年会で集まっていた。場所は浅草・雷門商店街にある「ふぐ」料理店。おいらは当然のごとくお留守番で、ふてくされて寝ていた。

茜ママたちが帰ってきたのは夜の9時過ぎだった。河内山先生は遅くなると、遠い埼玉県の狭山市まで帰れなくなるので、浅草で別れたらしく、2次会のメンバーは、ごっちゃん夫妻と久保田ちゃん、茜ママの4人で、わいわい飲み続けていた。おいらにとっては、とんだ迷惑。頭にきて血圧があがり、頭も痛くなったのだが、誰も気付いてくれなかった。夜半ようやくお開きとなり、おいらはやっと茜ママの懐に抱かれて眠った。

ところが翌朝、つまり1月3日の目覚めはいつもと違っていた。目覚めとは、とても言えない重苦しい気分なのだ。いや、ちょっとした体調不良だろう。しばらくすれば回復するだろうと思っていたが、どうも尋常ではない。身体が動かない。そのうえ眠気というか、意識が朦朧としてきたのだ。「ママ、助けて」と叫んだつもりだったが、ママの耳には届かないらしい。それはそうだろう前夜の飲みすぎで熟睡しているのだから。

茜ママがようやく、おいらの異変に気付いてくれたのはお昼時に近かったと思う。あわてておいらを抱きかかえ、毎度お世話になっている動物病院に駆け込んだのだが、「即入院」ということで、ケージの中に寝かされた。

おいらクンクンは、もう食欲もなく、意識も朦朧としたままで、呼吸もままならない感じだったが、不思議なことに身体の痛みや苦しさはなかった。「おいらクンクンも、この世におさらばする時期が近いのかなあ。うなぎ母ちゃんに天国で逢えるといいなあ」などと、とぎれとぎれに思ったりしていた。

翌1月4日の夕刻、茜ママはもちろんだが、ターザン後藤さん、くぼたちゃん、河内山先生が揃って病院にお見舞いにきてくれた。茜ママが電話で召集をかけたに違いない。動物病院の院長先生の病状説明が聞くともなしに耳に入った。「どうやら、おいらの命は今夜がヤマらしい」

「クンクン、クンクン」と呼ぶ声は、河内山先生らしい。おいらは大声で返事をしたかったが、もう声も出ない。ちょっと顔を動かせたかなあ。

おいらクンクンが間違いなく、この世を去ったのは翌1月5日だった。固まったおいらの身体は、その日1日だけ病院に預けられ、翌日6日に両国の回向院に移された。そこは薄暗く、冷房のきいた建物の一角においらは寝かされ一夜が過ぎた。

そして1月7日の午後、茜ママ、ターザン後藤さん、くぼたちゃん、そして河内山先生が立ち会って、おいらは荼毘に付された。つまり火葬にされたということだが、ちっとも熱くはなかった。その後、回向院の本堂で供養していただき、ありがたいと思っている。これまでの茜ママとの19年に及んだ生活は本当に楽しかった。

それから2か月過ぎた3月17日、両国の回向院で「動物大法要」が開催（午前と午後の2回）された。本書の冒頭に紹介したように、回向院では馬頭観世音菩薩を中心にした動物供養が連綿として行われてきたのだそうだ。

大法要に参列した「亡きペット」の飼い主には、あらかじめ回向院から参加、不参加の問い合わせがある。参加したい飼い主は、お塔婆をいただくために、施主（つまり飼い主）とペットの名前を書いて返信することになっている。

大法要の当日は、茜ママ、ターザン後藤さん夫妻、れいなちゃん、くぼたちゃん、そして河内山先生も揃ってお参りに来てくれたのだが、「いやぁ、びっくりした」。午後2時に始まるというのに、門前から本堂まで１００メートル以上も、人、人、人、横並び5人ぐらいの長い行列ができていた。施主は当日、本堂の右側にある受付で、お塔婆代3千円を渡して行列に並ぶのだ。茜ママがいただいたお塔婆には、ちゃんと「くんくん」と、墨痕鮮やかに書かれていた。

やっと順番が回ってきて本堂に入り、お焼香をした後、施主はお坊さんにお塔婆を渡し、施主とペットの名前を読み上げてもらう。それで供養は終わり、ということのようである。その後、境内の供養塔に塔婆を供えて、茜ママの一行も引き上げていった。おいらは、嬉しくて涙が出たが、茜ママが気付いたかどうかは定かでない。「また来てね。バイバイ」。

著者　河内山　典隆

1928年生まれ。明治大學文学部仏文科卒。幾つかの雑誌記者を経て1965年から海運業界紙記者となり、同年および72年の海員大争議を取材。75年以降は形式的にフリーとなり、内航海運新聞を主体に外航関係紙誌にも執筆し、現在にいたる。著書「日本海員風雲録」（1988年刊、同年度の日本労働ペンクラブ賞を受賞）「満州残像」（2002年刊）「その時、船員はどうする」（2006年刊）主な執筆・共著「聞き書き・海上の人生」「世界の海洋文学総解説」「荒れる海・船員問題を考える」「戦没船を記録する会十年史」

吾輩《わがはい》はクンクンである

発行日　2020年1月20日　第1刷発行

著者　河内山典隆（こうちやま・つねたか）

発行者　田辺修三

発行所　東洋出版株式会社
〒112-0014　東京都文京区関口1-23-6
電話　03-5261-1004（代）　振替　00110-2-175030
http://www.toyo-shuppan.com/

印刷・製本　日本ハイコム株式会社

ISBN 978-4-8096-7965-0　定価はカバーに表示してあります